窗口与桥梁

中外作家演讲集锦

WINDOW AND BRIDGE III

SPEECHES OF CHINESE AND FOREIGN WRITERS

吴义勤 等著

作家出版社

出席第三届中印文学论坛的作家们

中国作家在中国—中东欧国家文学论坛上发言

印度作家倾听中方作家发言

中外作家在中国—中东欧国家文学论坛上交流

参会的中外作家合影

参加中国—中东欧国家文学论坛的中外作家合影

目 录
CONTENTS

第一届中国—中东欧国家文学论坛

内地与港澳的文学对话——文学的土地

文本与城市生活·地域与乡愁

第三届中印文学论坛

在第三届中印文学论坛上的欢迎辞

■［印度］斯瑞尼瓦萨洛（印度文学院秘书长）

尊敬的中国作家协会副主席何建明先生，陈亚军女士，林秀美女士，李浩先生，胡伟先生，阿鲁恩·卡玛尔教授，哈里什·特里维迪教授，拉姆库马尔·穆霍帕达亚博士，穆卢纳里尼教授，各位在座的尊敬的作家和学者：

很高兴欢迎各位参加第三届中印文学论坛。诚如各位所知，我们两国在历史上渊源甚久，双方的友谊在数千年间都被完整记录了下来。

在进一步展开以前，我想先对来自中国的朋友们表示热烈欢迎，我相信，在访问期间，你们一定能同印度的作家和翻译家们展开富有成果的交流互动。

我们两国都是具有悠久文学传统的古国。文学传统，特别是久已存在的那些文学传统，保证了信息和遗产无缝衔接、代代相传。

中印两国的文学传统之所以兴盛，是因为文学传统中大部分是口头文学传统，至少开始时是如此。这保障了传统价值观流畅、平稳地得到传承，不会受到外界环境的影响。

中印文学论坛，是一个将两国的文学关系和交流进程推向前进、谋求更好结果的尝试。

从第一届到第三届，我可以自豪地说，我们双方的合作与友谊进一步增加，将两个伟大国家自身多样的文化文学传统带到对方土地上的努力正在逐步增强，我们的双边互访和会面业已深化了对彼此的认知。

成果正在逐步显现。中方已经翻译了包括苏达斯作品在内的若干印度古典文学，印度也将迎头赶上。

在这一背景下，今天的会面意义更为重大。今天的主题同两国文化都紧密相关。

记录历史与现实——不同的角度和途径在我们两国都已经过了多次的辩论。

随着地球上生存空间的快速变化，高速城市化，价值观体系迅速消亡，所有与此相关的事情构成了今天的第二个话题，这个有关城市与乡村的主题令人很感兴趣。

我想告知在座的各位贵宾，我们很快就将同中国出版社签订合同，将印度古典文学译成中文，也将现代中国文学经典译成印度各语言，先从印地语开始。我们最近同安徽人民出版社合作出版了《聊斋志异》《淮南子》。印度文学院的三部文学作品集也正由云南人民出版社翻译为中文。

在历史上，我们一直在互相分享知识。

沿着法显、玄奘、菩提达摩和两国无数求知者的道路，我们一直保持着这个分享的传统。

作为印度文学院秘书长，我十分高兴能够成为这种分享在二十一世纪的一部分。

非常感谢各位，再次欢迎你们。

（胡伟　译）

文学中的城市与乡村

林秀美

女，诗人，现任福建省作家协会秘书长。诗歌作品散见于《诗刊》《北京文学》《中国艺术报》《中国文化报》等国内外数十家报刊，出版诗集《水上玫瑰》《想像》《河流是你》。曾获福建省政府百花文艺奖一等奖、三明市政府百花文艺奖一等奖等奖项。

文学的碰撞与融合

摘 要

社会经济的发展加大了城乡的差异，也使得文学与乡村的"坚冰"越积越厚。随着"新农村建设"的现代化进程加快，乡村文学虽重新受到重视，但城乡文明的差异仍影响文学创作者的创作，在写作过程中深感困惑。要解决问题，就要从根本上寻求原因。

关键词：乡村文学 闽派 文化交流

二十一世纪复杂的环境使得越来越多写作者像钟摆一样摇摆在城市文学与乡村文学创作当中，这样的境况增加了写作者情感上的痛苦与困惑。究其根本，造成这种情况的外在因素与内在因素分别是乡村文明与城市文明的碰撞、文学理想与写作现实的矛盾。任何一个文化的进步都离不开交流与碰撞，城市文学与乡村文学也一样。因此，要从根本上解决写作者的困惑与情感纠葛，就需要在乡村文明与城市文明的碰撞中善于思考，在城市文学与乡村文学的交流与碰撞中汲取灵感。

一　乡村文明与城市文明的碰撞

随着社会经济的发展，中国城市与乡村的差距日益加大，二者的关系也随之越来越复杂。城市在快速地膨胀、发展，相反地，乡村则在急骤地萎缩、衰落。这种境况下，越来越多的人选择背井离乡，尤其是高等教育下大学生，义无反顾地投入城市的怀抱，在城市中求生存。

乡村与城市的变迁意味着文学创作思潮的变动。长久的意识形态决定了在人们的观念中城市永远优于乡村，因此，长期生活在城市中的写作者居多。但随着城市中越来越多浮躁的情绪的影响，人们又开始怀念纯净的乡村，于是乡村文学又重新成为一种流行。在文学创作中，乡村相对城市处于弱势，城市繁荣的经济、璀璨的文化丰富了作家的创作来源，锻造了许多在乡村中见不到的艺术景象。现代文化逐渐掩盖住传统文化的光芒，怀揣着梦想的写作者带着乡村的文明置身于城市文明中，两者的差异变化使得写作者产生情感分流。一边是怀乡之情的牵引，一边是现代文化的吸引，向城市文明迈出步伐的同时又频频回首，这样的分歧使得写作者无法找到精神的皈依，深感纠结彷徨与困惑。

无论是从乡村到城市，还是从城市回归到乡村，于作家来说，都需要经历一段艰难的心理历程。重新涉足一个相对陌生的区域，加上生活的窘迫与挫折，对作家来说存在一定的难度，尤其是经验缺乏的青年作家，难度更甚。乡村有率真、朴实，也有落后、狭隘；城市有繁华、高贵，也有虚伪、枯燥。乡村文明与城市文明的碰撞注定了写作者的情感纠葛。

二 文学理想与写作现实的矛盾

首先，从乡村到城市的写作者无不是怀揣着理想的，无论是对文学的喜爱、对文化的追求，还是寻求情感的寄托。其次，文学的创作与现实离不开一丝关系，无论是经济、政治，还是文化，都是滋养文学不可分割的因素。因此，当写作者置身于大时代环境中，经营着自身的文学创作，倘若在这种境况下，写作者仍苦思着寻求一个结果，忽视现实的影响作用，那么他所坚守的理想终将变成一种乌托邦式的文化理想。

理想与现实的矛盾最终都会体现在写作者的文字中，例如，过于理想化地创作一个主人公的人物形象，其结果必然是让读者云里雾里，甚至开始产生怀疑。只有与现实融合，理想才有实现的可能。一味身处在理想与现实的矛盾中，放任自身缅怀乡村，或放任对城市厌恶情感的滋长，不仅大大增加了写作者创作的困惑与纠结，最终也都会直接体现在写作者的文字中。

三 城市文学与乡村文学交流、融合

在文学世界里，城市并非是乡村的终结，乡村亦不是城市的过客。两种文化载体互为补充，互相迁就，为的是安顿人们的心灵。城市开阔了乡村的视野，而农村为城市带来更多的精气神。城市文明与乡村文明虽有差异，却从来不是处在一个对峙的状态。

对于城市文学与乡村文学的创作，正所谓"心之所向，才是故乡"，在文学创作中要做到"两手抓，两手硬"也非不可，需要的是文学创作者投入更多的精力，这样才能在城市文明与乡村文明、现实与理想的差异中寻求出路。正如福建乡村文学和城市文学分别是福建历史传统和现代文明的代表，二者都是对福建"闽派文化"的继承与传播，只有两者齐头并进，对"闽派文化"的解读才更加完整。

文学是包容的，并不会因为地域的差异而固步自封。就像中印两国的宗教文化交流一样，佛教自印度传入中国，与中国哲学、伦理、文学、音乐、美术碰撞，在中国形成了新的中国式佛教文化。从精神内核层面上看，城市文学与乡村文学之间的相互融合和碰撞才能在现代文学和传统文学的基础上产生新的文化。时代是进步的，文学也是需要进步的，只有不断产生新的文化，才能更与时俱进。

陈亚军

主要从事诗歌、散文、报告文学创作。出版过诗集《流过忧伤》《摇曳的雨帘》；散文集《碎月》《方向：生活》；纪实文学集《只为那个诺言》等。1986年曾获"全国十大中学生校园诗人"称号，是八九十年代中学生诗歌代表人物。1990年，诗歌《船的果实》获全国精短诗大赛一等奖。《亲历者的报告》获第四届冰心散文奖。

文学中的城市与乡村：碰撞与融合

■ 陈亚军

城市与乡村是文学创作中通常的主题，这不仅源于中国社会变化的真实状况，更在于这个变化突显了人性和情感的各种矛盾冲突，是讲述故事的一个较好切入点。我想，要讲好这样的故事，应看重以下三个方面的问题。

一 文学创作者的精神：对时代和社会发展的"知行合一"

"知行合一"，是中国明代哲学家王阳明的著名观点。他主张知与行同时产生，互为前提，知是行之始，行是知之成。文学作品源自生活，就是说，作家应深刻洞悉周围社会生活的变化，而中国正在经历一个工业化和城镇化的过程，城市与乡村之间的流动，以致相互影响，正是观察现实中国发展的一个很好的角度。这里有静的环境的变化，也有动的人群的变化，而更重要的是带给人们思想观念的变化，这必将成为中国历史的一个截面。哲学是时代的灵魂，作家首先要对这样一个现实有深刻的了悟，有哲学的思维，这是文学创作的根基，是作家"行"的出发点。

作家体验、关注社会，并通过提炼和塑造将其呈现出来，甚至能够触及社会变革中的热点问题，揭示其中规律性和趋势性的东西，将是十分可贵的。这种由实而出、因事而始的文学创作方法，是思想的凝聚，是社会的投影。

写作是人类发明出来的一种很好的记忆方法。具有传统文化的乡村、浓厚的乡村伦理离人们越来越远，在那里生活的人渐渐失去了原有的身份，消失在城市的高楼和车流之中。作家有责任让他们在文学中复活，留下符号，延续情感，记录历史，这是职业的担当和使命。

二 用文学呈现过程：人们没有放弃对生活质量的追求

《易经》是中国哲学思想的源头，其中有句名言："天行健，君子以自强不息。"这是说，时间永恒地流逝，天体刚健地运行不止，有德行的人应当仿效天体这种精神，自强不息，积极有为。

当人的生存已经不是什么大问题的时候，追求生活质量就成为一个目标。在城镇化、工业化的时代背景下，大批农民涌入城市寻找出路，许多来自农村的学生也在城市寻觅自己的梦想。近二十年来，中国的城市发生了很大的变化，然而，城市的繁华和故乡的困顿，给人带来双重的陌生感。在这里，城市与乡村的关系，原有居民与城市新移民的关系，深深地触及了人性的善与恶。但是，人们不会因焦虑和压力、矛盾和冲突而停顿下来，仍然顽强地追寻着自己的理想，期待过上更体面的生活。

作家应关注这个历史过程，并以此对人类共同的生存本质、精神世界作深入思考。以社会变迁为写作的大背景，写出变故，写出变故中不变的内涵，并用细节刻画典型，就像歌德说的"艺术的真正生命在于对个体事物的掌握和描述"来呈现变迁历程。

三　用文学揭示心灵：打量并接受变革的社会

城市是一个完全敞开的、多元化的审美空间，现代文明多发端于此。它具有磁石的能量，吸引着更多的人。

中国哲学讲究"贵和尚中"的思想。这里的"和"与"中"指的是一种存在的状态，就是两个或多个有着不同特点的东西不是相互争斗，直至一方被消灭，而是彼此和谐地共同存在一个空间，呈现出多元性和多样性。

当然，"贵和尚中"的哲学思想中还有另一层意思，就是任何事物都可以在一定条件下相互转化。比如，乡村移民中年轻人是主流，城市机会多，他们希望在那里干一番事业。同时，随着中国乡村的巨大变化，也有一些城市居民回归乡村，这多是老年人，他们喜欢乡村自然气息浓厚。无论怎样流动，人们都受到"贵和尚中"思想影响，主张实现和保持社会的和谐局面：人际和谐，万物和谐，天人和谐。

我想，我们应该期待这样的文学作品，集思想性、艺术性、观赏性为一体。就是要通过揭秘和解密生命历程及其环境变迁，辨析和确认社会矛盾和发展原因，找到一块交流和分享感情的栖息地，最终拉近城市之心和乡村之心，使人们赖以生存的两个空间成为既有个性又有共性的乐土。农村既不等同于落后愚昧，城市也并不必然代表进步。在此，莫要激烈地断裂和伤感地告别，而是要倡导永恒的延续和开放的包容。

李浩

男，1971年1月生于河北海兴。小说家、诗人。作品被《新华文摘》《小说选刊》《中篇小说月报》《青年文摘》等各类选刊选载，被译成英文、法文、日文、韩文。著有：小说集《谁生来是刺客》《侧面的镜子》《蓝试纸》《父亲树》《告密者》，长篇小说《镜子里的父亲》等。曾获第四届鲁迅文学奖、第三届蒲松龄短篇小说奖、第九届《十月》文学奖、第九届《人民文学》奖等。

在文学中建立的城市

■ 李　浩

在这里，我愿意先来谈那些在文学中建立的城市，譬如，巴尔扎克的巴黎。巴尔扎克的巴黎恰如茨威格在《三大师》中所言及的那样，"巴尔扎克的主人公都有同一个愿望：这女人，这车，这奴仆，这财富以及全巴黎、全世界都将属于我！他们都是把梦想付诸于实践的人，正如巴尔扎克所说，是在物质生活里异想天开之人"。巴尔扎克建立的巴黎绝对是一个冒险家的乐园，是物质之梦，是野性和角力的场域。他们，有些人，并不都在巴黎这座城市里土生土长，而是在雨后冒出，从生活过于平静的外地赶来，肌肉强健、生龙活虎地赶来……巴尔扎克的巴黎是物质的、欲望的、财富的、权势的城市，骚动和不甘的城市，当然，也是一座充满机会和可能的城市，冒险的、"有杀机"的城市。我也愿意再找出另外一座城市，西安，在贾平凹笔下的《废都》。这是一座人情世相的城，它和生活具体有着近乎无距离的贴，但它没有像巴尔扎克的巴黎那样承诺冒险和权势、财富，当然也不提供翅膀：这世相是平的，所有起伏都有某种的限度和命定感，当然在顺流中也有它可津津乐道的趣味。在这座安于大于改变的旧城中，庄之蝶、龚靖元、汪希眠、阮知非"四大名士"摆好碗筷，端起酒壶——《废都》，在我看来描述的是一场人生的宴席。食是其中的菜品，性也是，曲折复杂的人际也是；闲也是，忙也是，包括庄之蝶遭遇的官司也是，时时出现的悲欣，喜乐和牢骚也是……《废都》是熟人社会中的关系之城，种种关系勾心斗角，枝权蔓延，各有松紧疏密……纸上的这座有着古老感的城市：尽管他们不断网织、介入和获取，但都是将自我悬置于日常语境中，貌似路途多广，但本质上进退均难以自如。

我还愿意提到奥尔罕·帕慕克笔下的伊斯坦布尔，在亚欧交界点上的城市，东方和西方、基督教文明和伊斯兰文明、现代和传统、世俗和宗教交汇……奥尔罕·帕慕克抓住了这座城市的核心词汇，那就是冲撞与交汇，几乎所有的故事都围绕着"冲撞"与"交汇"来展开，无论是《我的名字叫红》《白色城堡》，还是《伊斯坦布尔：一座城市的记忆》等等。他注意着文明冲撞下的身份认同，注意着可能的道路和可能的完美，追问何谓东方何谓西方……在两种或多种文化之间，在两种或多种方式和方向之间，在共融、互渗和抵抗之间，在接受和排异之间会发生什么，能发生什么，奥尔罕·帕慕克让他的城市承担着疑问和思考。我还注意到唐纳德·巴塞尔姆，一个美国作家，他书写的城市是不确定的，模糊的，甚至怪诞，甚至变形——确如他所宣称的那样，他只要残骸。他使用收集的残骸，在"城市"中搭建了一座《玻璃山》。无疑，唐纳德·巴塞尔姆建构的是灾变的、破坏的、实验的城市，他一边建造一边摧毁。最后，仅剩下语词，堆积着，闪着烁亮的光。我还注意到意塔洛·卡尔维诺建造的那些《看不见的城市》，注意到科伦·麦凯恩建立在钢丝绳上的纽约（《转吧，这伟大的世界》），注意到博尔赫斯笔下的布宜诺斯艾利斯……这些纸上的城市当然可以无限地列举下去。

事实上，这些纸上的建筑，在我看来它们都属于作家的"创造"，在文学中建立的其实是一座"新城"——即使它描绘得极其逼真我们完全可以按照小说中的描述走进对应城市里的街区，甚至从一处到另一处，用时也大体不差。不，它和旧有的城市不同，即使它还叫巴黎、纽约、东京或新德里、达卡——在文字中，旧有的城市还在，但新城却早从成功破土，高耸的新城甚至不用拆掉任何一块旧砖瓦。在这座由文字构成的建筑体上，它的人口变得更多，更有个性和发现的魅力。文学的书写，赋予城市的是精和灵，是内在隐秘，是时代性格——我愿意从这个意义上来观察和体认，我愿意，观察这座和旧城多处重叠的虚构区域。

何谓城市的精和灵？什么才是城市需要面对的真切问题？我想每一位写作者都会以不断追问，并用自己的方式给予部分的解答。他们的赋予肯定是片面的，有时，他们也是有意如此——没有一个写作者愿意不断重复已有的常识，没有一个写作者愿意成为"渺小的后来者"，我相信，随着时间的推移，纸上的城市会越来越多，也会越来越雄伟、多样。作为一个成长于农村、写作也以乡村题材为主的作家，我也希望自己的写作能为城市增添新的可能。

谢谢大家。

穆卢纳利尼

女，泰卢固语作家、翻译家，波地·斯瑞拉穆卢·泰卢固大学退休教授。从事广播、电视媒体工作三十年，在泰卢固语和英语报纸上撰写专栏。作品包括三部文学评论集和一部短篇小说集，译作包括古尔扎的短篇小说、拉·克·纳拉扬的毛谷地系列小说等。曾获泰卢固大学优秀翻译奖、邦政府优秀教师奖等奖项。

文学中的城市与乡村：泰卢固语小说中的细微变化

■［印度］穆卢纳利尼

介　绍

每一部优秀的文学作品，特别是创造性写作，都代表着一个时代和一个地方。如同作家是环境的产物一样，故事也是它所描述的地方和时代的产物。城市和乡村在文学中扮演着重要的角色。城市或乡村的这一面，是虚构术语中极为重要的"背景"的一部分。一部长篇或短篇小说，或许由于主题、情节或人物而被人铭记或称赞，但背景也是叙述的一个重要方面。正如韦氏词典所言，背景是"一件事情或一个故事发生的环境或周遭事物。可能提供所在时间地点的特殊信息，例如1820年的美国纽约。背景可以寥寥几笔，譬如山上一座孤独的小屋。社会条件、历史时间、地理位置、天气、目前环境和时间都是背景的不同方面。它的三大要素是：社会环境、地点和时间"。

一部小说的地点可能有两种情况。它可以一般性地作为故事的背景幕布，与故事发展并没有特别的关系。它也可以作为主题本身的一部分，影响着故事情节的形式、人物和进程。我们现在所关注的乃是第二种"地点"。英国作家菲利普·亨舍就此提问："一部小说必须将个体的心理置于同构成这些心理的世界之间微妙的关系中。这些心理是一城一地的产物吗？它们是否构成了与其相关的世界？它们是否在凶猛地反叛这个世界？作为一名小说家，发现地理与民族性格之间的相互关系是很容易的，假如民族性格真的存在——号称反复无常的英国人和多变的岛国天气；或者急切、好辩的孟加拉人和他居住的不断摇晃的土地。这些解释都太简单。但小说中一个地方的精神并不仅仅是静止的布景或简单易懂的情绪插画家；它是处在努力中心的人性的一部分。"所以，人们清楚地认为，地点是小说家叙述策略中有意义的一部分，只要小说家觉得合适，就可以用任何方式使用它。

人们明白以下事实：对地点的描写，不管城市或是乡村，对于大多数作家来讲并不是轻松的任务。它要求知识不仅限于所描写地点的地理边界，还要包含其文化、历史和政治的衍生物。多数小说家在写作小说时依赖于他们的想象和走马观花，而不是研究。因而，人们会发现，在大部分小说中，地点（也许是城市或乡村）被以事实的方式提出，这样作家就不需要对它进行深入的分析了。理由是，最终读者会将故事和人物连接起来，"地点"不过是次要的。

尽管如此，各类语言中还是有一些小说家认识到了地点在他们所叙述的故事中的作用和意义。他们的目标是在小说里呈现一个详尽的世界观，而不是仅仅叙述一个故事。在这个关联上，我们才能判明城市或乡村在小说中的意义。当更多的作家将生活实体作为他们故事的背景时，其余的作家依靠纯粹的想象"创造"出一个新的地点，这个"镇"或"城"在读者面前变为了真实的世界。

不必查证，人们就可以回忆起英国作家托马斯·哈代小说里的艾塞克斯的意义，詹姆斯·乔伊斯的都柏林的意义；美国小说家马克·吐温小说里的密西西比河，印度英语作家拉·克·纳拉杨长短篇小说中虚构的毛古地……这些地点都成为内容的象征。本文将把内容限于泰卢固语小说中涉及城市乡村描写的作品，特别是那些"地点"构成小说家意图传达的信息中不可分割、充满含义的部分的小说作品。

印度是一个多语言、多文化的国家，在这个土地广袤、人口众多的国家里，城市与乡村的分界不易把握。多种语言共存的精神（具有巨大文学实体的二十六种官方语言），不同宗教（印度教、穆斯林、基督教、锡克教、佛教、耆那教、袄教，英印混血可能还有其他几种宗教），不同的文化，这些都是一体多元的例子。所有这些不同，在印度的城市世界与乡村世界里都是同样真实的。因而，很难将城市或乡村的生活放进固定的分析框架里。但在创造性写作中，作家足够独立，可以只写自己知道和经历过的事情。这可能导致短视的观点，但所有观点都从真实的生活体验中产生，要求人们理解并欣赏。本文所讨论的泰卢固语，是在印度南部安得拉邦和特伦甘纳邦使用的语言，有一千五百年的历史，被印度政府授予古典语言的地位。泰卢固语有着丰富的古典诗歌宝藏和多种体裁的现代文学，由于其旋律动人的声调和结构，常被称作东方的意大利语。本文将对泰卢固语小说中如何描绘城乡作一鸟瞰。

在泰卢固语小说里，关于对城乡两种实体的观念通常如下：

1. 乡村更近于自然，更加健康平和。居住在乡村的人们联系紧密，他们互相合作，和谐生活，仿佛一个巨大的联合家庭，随时准备互相帮助。

2. 城市更加发达，更加现代，更有进取心。因为它发达，所以没有普遍的紧张不安，没有权力独裁行为，也没有某个特定的家庭或族群来干预或支配。城市奉行的是"自己活也让别人活"的政策，对于在意独立自由的市民更加合适。

3. 乡村的消极面，在于乡民多是文盲，因而迷信、落后。单个家庭或族群的统治在这里更为明显，"富与穷"的分野非常清晰。乡村有它自己的规则和法律（村中老人制定的责罚），并不那么民主。

4. 城市的消极面，在于更加不近人情、更加冷酷、更加缺乏理想主义或浪漫主义。在城市里，没有人在乎其他人，人们都更趋向于独行而无人照顾。城市更加昂贵，收支平衡很难，挣扎求生就更难。

以上方面或许是老生常谈，但在我们有关城乡的观点当中，仍有相当程度的意义。文学常常依赖于老生常谈，泰卢固语文学大量描绘了以上几点。一般来讲，很多小说并不在意故事设置在哪里。小说家们只对故事和进程感兴趣，而不是故事的地点或时间。这样一来，很多小说（特别是女作家所写的小说）就忽视了背景，只把精力灌注到人物和情节上去。

　　但是，当我们考虑到有明确背景、"地点"本身在故事中占据一席之地的小说时，我们就会发现，其中存在简单、直接、老套的描写和特殊、深入、真实的描写。让我们首先来看泰卢固语小说中描写城乡的普遍主题。

　　1. 乡村的女主角都是美丽、纯洁和无辜的。男主角从城市来，被她所吸引。他发现，同城市女性相比，她的无畏、独立和聪明是那么新鲜。于是他同乡村美女坠入爱河，战胜了反对者和阴谋诡计，同她结婚，永远快乐地生活在一起。

　　2. 乡村的男主角是人权捍卫者。他在城市受过教育，但还是回来改革并提升他的乡村。面对反对势力和当地恶霸地主带来的危险，依靠在他为公正而斗争时站在他一边的村民的援手，他最终大获全胜。于是，他对乡村恶棍的胜利为村里带来了一个和平进步的新时代。

　　3. 主人公来自城市，在乡村住了一阵，就完全成了另一个人。他有关人、物、社会变迁、政治、文化的观念，都因他同乡村的短促联系，而发生了翻天覆地的变化。

　　4. 同样地，一位属于乡村的主人公，一旦在城市住过一段时间，就会变化。作家似乎在说，城市和乡村都对人们的人格产生了深刻影响。这效果可以好可以坏，两个角度都在泰卢固语小说里被充分描写过。

以上的描写比比皆是，不过在泰卢固语里仍有许多小说，在相当程度上展示出了各自或城或乡的背景。在这一点上，公平地讲，对乡村的生活描写要比城市更加鲜活、更值得称赞。有趣的是，所有社会和政治运动，特别是共产主义革命运动，都起源于乡村。既然真实生活情况如此，泰卢固语小说自然而然地运用乡村作为所有抗议、暴动、革命和武装斗争的故事背景。

我们在谈及对城市和乡村的细节描写时，可以看到，泰卢固语小说有很多有意思的主题，可以放在不同标题下来讨论。

大多数情况下，以农业、水利、种姓政治和乡绅为主题的小说都是以乡村为基础的。而描写大学生活、家庭关系、女性解放的小说则以城市为基础。这几类小说中不乏佳作。因为它们数量巨大、主题普遍，所以本文不再聚焦此类作品，而是概述打破常规、以其独特的主题处理方式留下印记的小说。这类小说可以分类如下：

1. 乡村——贱民觉醒的象征

拉克什米纳拉亚南作于1921年的小说《马拉帕里》以安得拉邦一个偏远乡村为背景描绘了印度的独立斗争。这篇小说（背景设置在安得拉邦贡土尔一个乡村）讲述了印地语区同时发生的两场斗争。可见的、明显的斗争是当地人对英国人及其宗教、政治和文化压迫的反抗；另一场斗争是在印度人族群内部对于种姓制度的斗争。小说把被称作贱民的人们描写为主角，同高种姓者相对。印度民众觉醒起来反抗英国统治，及印度人民内部被边缘化的种姓觉醒后反抗更高、更优越的种姓，两种斗争平行开展。这篇小说以其在南部安得拉邦一个偏远乡村为背景，对二十世纪早期印度进行真实描写，成为泰卢固语文学的杰作。

2. 乡村作为印度文化和灵魂的复兴：《千万条头巾》

维斯瓦纳塔·萨蒂亚纳拉亚纳所作的这篇小说，背景设置在一个村庄（安得拉邦克利须那县苏班纳皮塔村），象征着印度族群古老的传统；它描写了英国文化对印度文化的大规模入侵，以及一个家庭如何保持自我、反抗这种统治。在这里，这个村庄不是被看成变革的媒介，而是被视作静止的文化工艺品。作者关于英国人的统治和权力只有通过印度正法复兴才能抑制的信念，构成了故事的核心。城市化和教育、艺术、文化、家庭关系的现代化遭到了小说主人公达马·拉奥的质疑和谴责。某种意义上讲，这歪曲了现代语境下对于变革的需求。作者坚信，古代印度的正法才是通向伟大的唯一道路。

值得注意的是，以上两部作品当中，第一部（比第二部要早十年）写了一个乡村呼吁受到种姓制度困扰的社会进行改变，第二部也写的是乡村，不过这个乡村奋力保持古代正法的现状，包括种姓制度在内。

3. 乡村作为独立斗争的温床

印度独立运动是一个在印度各种语言的文学中，通过诗歌、长篇小说、短篇小说和戏剧被反复讲述的故事。在泰卢固语中也一样，相关作品很多。但有一位泰卢固语作家，描绘了运动的所有层面，以及共产党代表大会的分裂及其余波等等。他将乡村作为根基。这位作家叫马希达拉，在他写于二十世纪六十年代有关印度独立斗争的小说中，有一个当作共同背景的小村庄，是安得拉邦克利须那县穆甘达村。所有印度独立运动的领袖，包括圣雄甘地，都拜访过这个村子，这令它成为了一个重要的地方。作者高效地运用实事和虚构，展示出甘地复兴乡村的强烈倾向。人所共知的事实是，印度民族之父莫·卡·甘地相信乡村的变革是反抗英国人的工具之一。马希达拉的小说关注的正是独立运动的这个角度。这个村庄也是共产主义为平等而战的温床之一。几乎所有描写人民反抗统治者的小说里，背景都是设置在两性之间和各个种姓之间的。村庄被描写为精力旺盛的变化和转变的中心。（大家还可以读一读独立运动期间美化乡村的诗歌。回归自然作为英国浪漫主义运动的标志，在泰卢固语诗歌和印度民族之父圣雄甘地呼吁人们认识乡村重要性上都产生了影响。）

4. 乡村作为抗议、异议和革命的鼻祖

几乎所有抗议都从村民开始，后来才传入城市。安得拉邦泰伦加纳地区反对狂人统治者尼扎姆的运动在小说中有所体现，原因在于，印度总体上是一个以农业经济为基础的国家，乡村的重要性不可低估。所有乡村的矛盾都源于农场和土地的所有制。描述抗议和暴动的小说几乎总是以地主对抗农民为背景。从二十世纪四十年代泰伦加纳农民运动，到二十世纪六十年代晚期毛主义运动，所有这些小说都被置于安得拉邦三个地区的乡村背景下：北安得拉、泰伦加纳和海滨安得拉。

5. 城市作为失业阶层的避难所——拉维斯萨斯特瑞

城市生活比乡村更复杂，因为它的性质是混杂的。当某些小说（特别是女作家写的小说）温柔地描绘出城市提供现代性、教育和西方影响的含义时，另一些作家将城市看作失业阶层的滋生地。城市中失业阶层的涌现，构成许多小说家的背景。失业者的增加以及随之在社会环境下出现的动荡，法律体系的滥用，治安体系的无能，结果必然产生的无产者暴动，所有这些都是萨斯特里、拉马洛和其他很多作家小说中的主题。在这里，城市（主要是北安得拉地区的维沙卡帕特南）展现出它所有的丑陋和堕落。这些小说中的美，在于作家能够通过人物塑造、语言、风格和对话，表现出城市多种多样的元素。

6. 城市作为变化的载体

二十世纪五六十年代的泰卢固语小说突出地反映了从农村到城市的移民这一现代主题。这一主题的各种观点均有表现。一些作者试图描写从乡下进城的人物们生活水平的变化以及移民带来的进步。在这些小说里，城市被表现为成长和繁盛的理想之地。但是，另一方面，不少作家真实地描绘出移民们的苦痛。这些小说中描写了他们进城后所面对的突然而来的文化震动和经济烦扰。城市提供了机遇，很多时候还提供了向好的变化，但它也是不道德的吸引力和诱惑的载体。城市作为变化的载体，其中善与恶的天使在泰卢固语小说里都有精巧的展现。

7. 城市对抗乡村

不能说所有泰卢固语小说都用城市或乡村之一作为背景。很多小说里，主人公从一处迁到另一处，这两处的对比亦即人物们的经历也非常有趣。瓦西雷迪·西塔德维在她的小说中表现了一个没上过学的穷苦女孩婚后搬进城市所经历的变迁。她为城市的魅力所倾倒，最终为不道德的诱惑付出了代价。作者还将她的生活同她公公在乡下的生活进行对照。公公不愿随着儿子儿媳离开乡村搬进城市。他的生活被塑造成目的更加明确、更加平和，也更加自尊的生活。

在另一部书写女性的小说里，无产者米娜，一个从小在城市长大的女孩，同被她父母虐待的亲戚在乡下住了几周。她沉醉于乡村的纯真，成为了一个更加成熟和善良的人。

在纳文的一篇小说里，一个困在乡下的男青年成了大学生，迎来了城市生活，在一年的大学教育后，他更加成熟，成长为一个现代化的、有进取心的人。他设法保持了乡村的优秀品质，又吸收了城市的优秀品质。

8. 乡村的骄傲

以上的分类和概述，可以说是泰卢固语小说从十九世纪晚期（确切地说是 1872 年）的发端到二十世纪八十年代的一部分。从那以后，泰卢固语文学出现了区域化写作的汹涌大潮。主要的四个不同语言和文化特性的地区，产生了一批长于以出生的乡村为背景的短篇小说作家。这个背景决定了小说的故事、人物和情节。例如，这些小说多以第一人称讲述，读来犹如作家本人的经历。这种小说里有少量的虚构和大量的事实，令我们对作家们展现的乡村有了彻底的了解。写作此类小说的作家包括拉梅什、纳米尼和卡迪尔等人。这些小说很少提到城市；如果提到了，也只是带着惊叹和误解。

于是我们有了专属于乡村的区域写作，作者也来自乡村，泰卢固语区产生了很多这类的作者和作品。这只关乎乡村，乡村的文化、语言和历史的伟大都展现在这些作品里。小说中的人物都表现为乡村文化自豪而自尊的承载者。

城市与乡村：重叠的因素

印度持续增长的经济，已经改变了城市和乡村的面貌。它们都已经不是过去的样子了。两者的分界线已经模糊，重叠的因素也屡见不鲜。随着乡绅阶层的没落，农业的弱化，全球化的入侵遍及每一个角落，乡村早已不复旧观。从前城乡的差别对比鲜明，一目了然。但是，如今乡村也拥有了城市的所有便利与诱惑。同样，乡村中的迷信、种姓政治和等级关系如今在城市生活中也显而易见。这样的重叠也被泰卢固语作家们捕捉到了。

城乡文化差异在早年间是明显的，现在由于全球化效应以相似的时尚席卷城乡，这种差异也不再清晰了。泰卢固语小说，尤其是短篇小说，对这一现象也做出了回应。全球化导致乡村的衰败，进入城市的移民增加。即使乡村还有村民留下，生活方式也改变了，同城市居民日益接近。随着社会经济剧变，各领域的犯罪抬头，模糊了城乡差别，这在小说中也得以充分展现。

总的来说，泰卢固语小说记录下了乡下人和城里人个体和集体生活的一切变化，能够充分展现几十年来的变迁。作家对变化的情况做了出色的回应，所作的描写相对于理想主义来讲更近于现实主义。

（胡伟　译）

非虚构：记录历史与现实

阿鲁恩·卡玛尔

印地语诗人、翻译家，印度文学院理事会、印地语顾问委员会成员。在巴特那大学教授英文，出版过四部诗集、两部散文、一部对话访谈集。将许多当代印度诗歌翻译为英文。曾获得印度文学院奖、巴拉特·布尚·阿加瓦尔诗歌奖等荣誉。

非虚构：记录历史与现实

■［印度］阿鲁恩·卡玛尔

> 一切禁绝自动反应的韵律规则都是有福的，
> 它们强迫我们三思，摆脱自我的束缚。
>
> ——威·休·奥登

尽管非虚构——我们再说得确切些，创造性非虚构——同虚构或诗歌本身一样古老，但它只是在不久以前才刚刚获得地位、声望和权威认证。其中一部分原因，还要追溯到后现代主义兴起，导致文学属性被高度政治化的理论构想所替代。文学，以及作为想象场所组合新的、议定的现实的文学性，让位于作为语言产物的"文本"。

美国小说家保罗·奥斯特说："美国人似乎同虚构的实质失去了联系——就是说，失去了理解想象的能力——所以，他们很难相信，一个小说家能够'编造故事'。"

创造性非虚构不承认大量的对于语言的创造性操控，也不鼓励赋予语言的错位以意义。因此，意义的多样性在这里几乎是没有的，更没有阐释性的多元化。它是以忠诚于真实和历史，也就是忠于事实的名义，做到这一点的。虚构以及所有的艺术，在其定义和本质上是无法证实的，大概也没有同事实的一对一互动，而创造性非虚构在精确度和对真实的忠诚度上主张了更大的权利。它同样不服从对于实际的验证。因为没有哪种对真实的记录能做到精确复制，像博格斯短篇小说里那个有名的国王那样，为了绘制国土的地图来加强防卫，就用描图纸覆盖了每一寸土地。同时，非虚构保留了成为除去历史或报告以外另一个类别的权利和特权，始终保持着虽不是虚构，但仍有创造性的特点。一个人从阅读非虚构中所获得的愉悦，同我们从虚构或艺术作品中获得的愉悦更加相近。所以说，非虚构可以拥有两个世界中最好的部分。

令记录绝对可靠、完全可信的，是它对于疑问和验证的开放和意愿。但即使是最好的自传、游记或者报告，也绝不是能完全验证或证明的，因为外部事实在作品自身中也同样被过滤了。当然，甘地或尼赫鲁的自传或许能作为写史的材料来源，但它们对于自身来讲，却未必称得上真实和历史的记录。不过，必须要补充的是，某些材料和角度对于当时的历史学家可能接触不到，也可能逃出最为谨小慎微的社会学家的手心。巴勃鲁·聂鲁达的回忆录包含对于当时政治外交界的若干洞见，是我们在历史书上找不到的。路易斯·菲奇在他为甘地所作的优美传记中，记录下甘地在进行无限期绝食的时候，曾经订购过一套新的假牙。如今，史实可以验证这些。但即使通不过真实测试，它也会铭刻在记忆中，成为反抗英帝国主义并最终取胜的不懈信念的一种象征。

印度独立，是印度历史上最为悲伤的时刻之一。大批第一手的记录、报告、传记、自传和现场记录都在，还有经过认真研究和详细记录的历史小册子。但我总觉得，那个时代的虚构给了我们关于那些重大日子更加震撼人心、令人心碎的"事实"。它们是公认的虚构作品，包括曼托、比尚姆·萨尼、因特扎尔·侯赛因、亚什帕尔、库什万特·辛格和其他人的长篇小说、短篇小说；但它们揭开了伤口，同时我们自己的皮肤纷纷剥落。在这虚构文学的地带上，还有偏僻、遥远的诗歌之土，因为所属种类的缘故，无法强制性保证自然的或现实的细节。但比起虚构或非虚构来，它可以捕获并更深刻地表达苦难与折磨。我觉得尼拉拉（二十世纪一位伟大的印地语诗人）有关那个时代及其余波的诗通过黑暗的意象表达了创痛；遭受折磨、被扭曲的肢体，狂野、嗜血的动物的暗夜。这些诗歌无一处提到甚至暗示残忍的现实——"充满残暴野兽的冬夜"。

非虚构似乎是在虚构或艺术鞭长莫及的区域内活动的。它甚至会像新闻报道那样，运用图书馆资料、文件或事实调查。一些棘手的、拒绝变为虚构对象的东西，正是它奋力去捕获的。阿米塔布·高希关于安达曼群岛海啸悲剧极其精确、深刻的记录，便是一个恰当的案例。全作在虚构与非虚构之间摇摆。事实和瞬间记录如此密集，以至于该书最终与本土性、即时性紧紧相连，保证了一部虚构作品的永恒与普遍。拒绝收集死者遗物的男人，在记忆里不断追逐、困扰着我们，犹如伟大戏剧中的悲剧英雄们一样。高希先生所达到的，或许超越了虚构或艺术作品的范围和质量，是对现实的升华。

同样，玄奘和法显的印度游记，是对时代最为真实的、古老的报道，若没有这些报道，那个时代对于梵文戏剧或诗歌来讲就无法接触到了。事实最为棘手的部分，正是非虚构最擅长处理的。一个伟大而恐怖的例子，是安妮·弗兰克关于犹太人大屠杀岁月的日记。或许，没有一个艺术作品或虚构作品能够像这个小女孩的日记那样，写出那毁灭性的真实，哪怕是大体上近似。阿多诺所言"奥斯维辛之后写诗已不可能"并非空穴来风。面对如此巨大的悲剧，诗歌、小说以及所有艺术都发现自己孤立无援、哑口无言。或许只有非虚构作品才能担任那个时代的见证吧。

非虚构对现实进行了解魅。它很少去尝试升华或转换，牢牢扎根于现实的苦难当中。当然，较之历史文本或新闻写作中笔直的描述，这些事实有时会被模糊或者扭曲。然而，或许可以说，即使是最客观的历史书，也是有倾向性的，也会有偏见。然而非虚构打磨着它追求更加客观的工具，保持着人类的兴趣焦点。我们通过非虚构创作，能够拥有一个时代更加有趣、有益的大批材料。这些非虚构作品给了我们在历史文本或社会学文献中所不能得到的东西。例如，所有关于印度非人的种姓制度的研究放到一起，也不如贱民自传更能出色地表达这制度的悲惨和痛苦。在这里，非虚构保留了一般仅限于虚构和艺术的人性时刻，并没有向学术文本的客观性、摄影般的精准度投降。

同样，只有通过非虚构作品，我们才能知晓一些私密的材料，知道我们的杰出领袖、政治家和名人们每天是如何生活的。我们能够通过圣雄甘地的助手和战友们保留的日记或日志，对甘地的生活、他的同伴的生活和当时的时代，有更好、更精细的了解。杰普拉卡什·纳拉因妻子的日记，还有曾同阿什拉姆囚禁在一起的普拉巴瓦提吉的日记，都是富于启发性的例子。这些非虚构作品在某种程度上对社会的肌体和内部进行了内窥镜检查，我们惊奇地发现，即使是甘地和列宁，或者卢梭和爱因斯坦，最终还是人类，他们大理石般的人格上还是有些缺点的。史蒂芬·霍金的访谈，同马拉拉女士关于她痛苦经历的记录一样极为发人深省。

与此同时，或许要补充一句，非虚构不是虚构本身的替代品，无法取得创造性艺术作品的地位。艺术，我们知道，是一个平行世界——一种神话的创作，如博格斯所说，"文学的开端是神话，结尾也是神话"。虚构是开放式的结尾，而非虚构是封闭式的结尾。因而，一部非虚构作品的超文本是完全不可能存在的。马尔克斯小说里的马孔多是一个神话。卡尔维诺的看不见的城市也是一个纯粹的幻想，看上去却比任何深度报道的书籍或文章都说出了更多的有关人生的东西。

非虚构是虚构与短文之间的缓冲地带。它从两边都获取东西，在这个过程中，它也丢失了一些东西——在没有更好的词时，我们姑且称之为创造性文学的诗意。

不学《诗》，则无以言。——孔子对他的儿子说。

（胡伟　译）

拉姆库马尔·穆霍帕德亚

小说家。曾任印度文学院加尔各答分院秘书，现任维斯瓦·巴拉蒂大学出版部主任。出版长篇小说、短篇小说集、游记、散文集等各类作品近三十部。曾获卡塔奖、苏门昌德拉奖、库苏曼扎里奖等奖项。

非虚构：记录历史与现实

■ ［印度］拉姆库马尔·穆霍帕德亚

很高兴同我们的中国朋友们分享一些我们的经验。作为邻国，我们彼此感情上和哲学上的联系都很便利。这就是法显和玄奘在公元五世纪和七世纪分别到印度取经的缘故。到了现代，斯瓦米·维韦卡南达1893年在广东珠江跋涉八十英里，去看一座中国的佛寺，同一年，芝加哥宗教会议预测，中国这个沉睡的巨人将会成长，变得伟大而有力。在西孟加拉邦国际大学，中国学院于1921年建立，泰戈尔1924年访华，首次同这片古老的土地发生联系。在中国，他很高兴能有幸分享中国人民的希望，同他们一起欢喜，而不是指教他们。在他访华后不久，亚洲协会吸取了泰戈尔的灵感，在上海召开会议，所有亚洲国家都派代表参加。从那以后，已过了将近九十年。现在，正是重新确认我们旧日的泛亚身份，抛开狭隘的国家拘束，分享我们真实情况的时候了。

在我的演讲中，我想详述三本书，第一本题为《关于我》，作者是一名歌伎，名叫比诺迪尼·达西（1863—1941年），于 1912 年出版。她生于加尔各答一个穷人家庭，幼年失怙，同母亲、祖母和兄弟相依为命。她在幼年时被许配给一名男孩，但男孩同他的姑母有一天却离开此地，再未回转。比诺迪尼后来知道，他多年以后娶了另一个女孩，在别处定居了。那时一个剧场的歌手，名叫耿加百姬（百姬的意思是职业舞女和女歌手），在比诺迪尼家租了一间房，后来她八岁时就训练比诺迪尼唱歌。比诺迪尼接受了必要的歌唱训练后，有了在国家剧院表演的机会，月薪十卢比。她家为了救穷就答应了。比诺迪尼 1874 年首次演出，扮演一个小角色，逐渐成为舞台上的主角。

比诺迪尼的表演生涯从 1874 年到 1887 年，跨度十二年，她对孟加拉戏剧做出了历史性的贡献。在十九世纪最优秀的剧作家、导演和演员，斯瓦米·维韦卡南达的密友吉里什·昌德拉·戈什（1844—1921 年）门下所受的训练，使比诺迪尼成为舞台上最为耀眼的人物。她的名声逐渐传播到其他地方，包括拉合尔、勒克瑙、马德拉斯、阿格拉、米拉和德里。萨姆布纳特·穆霍帕德亚在 1885 年 10 月号的杂志《雷斯和雷雅特》上写道：“她（比诺迪尼）如星月交辉，在她的行业中完全是印度翘楚。她是一位有着可观文化的妇人，能够在人物身上展现她真挚的同情，还有能力将如此众多又形象各异的人物表现出来。”

著名的印度小说之父班金昌德拉·查特吉（1838—1894

年）亲自到国家剧院观看了根据他的小说《穆利纳里尼》改编的戏剧。当看见比诺迪尼扮演的女主角玛诺拉玛时，班金昌德拉说，他在小说里创造了这个人物，却在比诺迪尼的表演中才面对面看见了她。伟大的宗教改革家拉马克里什纳·帕拉姆哈姆萨先生（1836—1886年）非常喜爱比诺迪尼在戏剧《凯坦亚里拉》扮演的中世纪圣徒凯坦亚，以至于他伴着歌颂三相神之一诃利的颂歌声跳起舞来。他将双手放在比诺迪尼头上，说："愿你获得精神真实的无上智识。"

但这只是有关一个所受教育甚少、获得孟加拉复兴领袖们赏识的歌伎故事的一面。同时存在的还有批评声，认为一名歌女不该扮演悉多、朵帕娣和圣徒凯坦亚这样的虔诚人物。其次，还有来自庇护她的"青年男子"的阻力。他不喜欢她在舞台上演出。因为她执意要演，这身家殷实的男子便告诉她，不许拿演出的报酬。但作为一名职业演员，她不愿意白白将自己的辛苦努力供给剧院公司或观众无偿消费。当她在吉里什·昌德拉·戈什面前提及这个问题时，戈什便将她的演出费交给了她母亲。比诺迪尼不愿这么躲躲藏藏，但她别无他法，只好接受。其三，庇护她的富人曾承诺与她共度余生，一天却借口别处有急事出门，其实是回家乡成婚去了。那时候，比诺迪尼正同她所在的国家剧院闹别扭，老板普拉塔普昌德拉·贾胡里因为她休病假，就扣了她一个月的薪水。一些戏剧圈人士想设法成立一个新剧场，但无处筹款。此时比诺迪尼换了住处，住到古尔穆克·雷家里。雷同意出钱筹建新剧场，因为据说新剧场要命名为"比诺迪尼"或"比"，比诺迪尼将会在那里演出。比诺迪尼甚至同工人们一起搬土鼓励他们，还多给工钱，好早点完工。可 1883 年剧场落成时，却命名叫"星"，不是"比诺迪尼"，更不是"比"。或许管理层觉得，以一个歌伎的名字给剧场命名，会引发社会批评，流失观众吧。那时候维多利亚时代的伦理也是障碍。这时，那径自结婚抛弃她的男人回来想占有她，却未能如愿，就打算用剑杀死她。她设法逃脱，又在舞台上演出了四年，最终于 1887 年最后一次演出后，永远离开了舞台。上百本书籍和论文都在探讨孟加拉开明女性的历史，但比诺迪尼的一生，一个"堕落"女子在孟加拉戏剧和印度戏剧"兴起"过程中所扮演的举足轻重的角色，却仍然处在灰色地带，如果不是黑色地带的话。现在急需看到历史的另一面，了解它全貌中的真实。

现在要讨论的第二本书，是上世纪四十年代写成的一组报告文学。1942 年，孟加拉邦遭遇灭顶洪灾，许多地区淹没在水下。一位二十四岁的男青年苏布哈斯·穆霍帕德亚，在共产党的建议下前往灾区，他在党报上发表的第二篇报道题为《人民战争》。苏布哈斯从一处走到另一处，看到成千上万英亩的庄稼都毁于大水。一年后，苏布哈斯出版了一本小诗，题为《步兵》，作为一个报道员，他必须在齐膝深的水中一英里一英里地跋涉，从而体验到了文字真正的维度。他看见人们在泥屋的檐下栖身，希望洪水某一天退下去。大水退了，却带走了大批人畜的性命。那年收成的希望也丢掉了。

粮仓空了好几个月，1943 年的饥荒接踵而至。苏布哈斯又一次出去，看到的不光是孟加拉人的脸，还有他们的胃。当他来到现位于孟加拉国的比克拉姆普时，他发现有八万人已经饿死。他到乡村去访查，所到之处，有的母亲丢下孩子在家，自己出去卖身糊口。他在科米拉看见一个叫乔根·德的人，把女儿卖了五十卢比，为的是救她的命，也救全家人的命。在库马拉本加村，百分之五十的村民死了，百分之五十的村民离开村子去找工作和食物来求生。苏布哈斯眼前看到的是人类的居所，却渺无人烟。饥荒之后是疟疾，上千人死于发热。苏布哈斯，一个二十五岁的青年，经历着孟加拉最大的悲剧之一。他向报纸报道村民的消息，同时也为后代记录着人类文明最大的危机之一。一年以后，他访问米德纳普尔，看到森林的树木消失，当地部落从林中迁出，前往工厂寻找工作。

但是无处可逃。苏布哈斯装扮成劳工进入阿散索尔的煤矿，发现工人工作的卫生条件极差，工资很低。很多人搬进救济厨房，因为干了几年以后他们就无法继续工作了。老板无视公司法，反对声音要么从矿上消失，要么从地上消失。麻纺厂的情形也好不到哪里去。工人没有钱，无法从补贴商店里采购，很多人饱受结核病和营养不良的折磨。

洪水、拮据、饥荒伴随着英国人的压迫统治，陈腐的社会体系，非人的剥削，这些都在苏布哈斯的笔下成为有意义的记录，首发于《人民的战争》《自由》两大共产党喉舌，而后结集成书《我的孟加拉》。1948年印度独立，苏布哈斯由于从事左翼活动而遭到逮捕。他坐过不同地方的监狱，最终被投入臭名昭著的位于不丹的拳击手监狱。苏布哈斯在书的一章中写道："除非看见监狱，否则这个国度的一大片地方都是看不到的。"这不仅是一份记录，还是一位后来成为国中最为杰出的诗人的青年的领悟。

第三部书名为《狱中之狱》，篇幅很长，有五百余页。一个女大学生米娜科什·萨恩，少年时就梦想着无阶级社会，同活跃分子们交往，这些活跃分子拿起武器，反抗地主，最早在西孟加拉邦北部的纳卡巴里起事，后来蔓延到其他邦。她进加尔各答的一所监狱，探望关在那里的政治积极分子，结果自己也被抓了起来。于是米娜科什·萨恩的身份就从探监者变成了犯人。那时有个不成文的法律，只要邦政府觉得某人是威胁，就可以不经审判而拘押起来，关进监狱。各位知道，"觉得"，是非常主观的，而在任何政治动乱当中，世界上很多国家的智囊团都是警察。米娜科什在那里被关押了五年，经受了严酷的折磨。这段经历书中提到了一些。

但本书的焦点，乃是被关押在非刑事精神病号房的那些无助的妇女。她日复一日、月复一月地去见她们，同她们交谈，倾听她们在家中和社会上的苦境。其中有些人只有轻微的心理疾病，但没人试过给她们合理用药医治。她们生活贫困，又无疾病知识，也是一个因素。她们逐渐被家人疏远，导致更严重的精神错乱，最后被判定为疯子。最终她们都被送进了监牢。这些非刑事的"精神病人"在她们的"等级"上过着痛苦的生活，住的是一间殖民地统治者造来惩罚"土著人"的黑屋子，给她们的食物既不够又缺乏营养，很多人患上了肺结核。任何形式的抗议都只能让她们更加受罪。这本书以无人可比的语言，记述了这些妇女的惨痛与苦闷。法律时时改换，但她们却毫无感觉。米娜科什的书用疯人院这一正式机构名称，涵盖了国内的和社会的空间。读这本书，使人感觉除非先纠正了家庭、社会和这"改造之家"，否则这些无助妇女的心理健康是无法恢复的。

在晚年的时候，米娜科什成为了一个邦的妇女理事会的秘书。她看到那些曾在狱中折磨过她的手，如今却向她敬礼。她后来在书中写道，当这些手不再向权力敬礼，以爱心和关心接受那些"等级"妇女，所有精神问题都不再用武力解决，情况就一定会改变。

这三本书记录的历史，是历史学家们所轻视而遗弃的。比诺迪尼、苏布哈斯和米娜科什把重心放在别的方面，记下了一种不同的真实。他们不仅是在记录历史，也是在试图以他们有限的方式创造历史。档案是历史的重要源头，但有着兴与衰、乐与悲、信念与蠢行的人类，则是更丰富的源头。

（胡伟　译）

第一届中国—中东欧国家文学论坛

在第一届中国—中东欧国家文学论坛
开幕式上的致辞

■ 吴义勤

尊敬的匈牙利文化国务秘书霍帕尔先生，

尊敬的朋友们、女士们、先生们：

大家上午好！

很高兴在这美丽的季节来到风景怡人的巴拉顿湖，参加第一届中国—中东欧国家文学论坛。这是中国与中东欧十六个国家文学界的一次盛会。首先，请允许我代表中国作家协会和中国作家代表团，对论坛的召开表示热烈祝贺，向匈牙利人力资源部和匈牙利作家们为本届论坛做出的努力与贡献表示诚挚的感谢。

中国与中东欧国家的友谊源远流长，人民间的交流更是有着悠久的传统。近年来，中国与中东欧国家在相互尊重的基础上，积极拓宽交流与合作的领域和渠道，政经领域往来密切，人文交流日趋频繁，迎来了合作共赢的全新发展阶段。全方位、多角度的文化交流为增进中国与中东欧国家人民间的相互了解和友谊发挥了重要作用，而文学论坛的举办将为我们之间已经非常活跃的文化关系注入更多新鲜的血液。

众所周知，中东欧文学是世界文学的重要组成部分，名家辈出，异彩纷呈，一大批优秀的中东欧文学作品所传递出的不屈的个人抗争、深刻的历史反思以及对自由的强烈向往，为中东欧文学赢得了世界性赞誉，更有多位文豪摘取了世界文坛的桂冠——诺贝尔文学奖。其中匈牙利作家裴多菲、凯尔泰斯就深受中国读者喜爱。而在遥远的东方，中国也有着深厚的文学传统，对大地与自然的爱，对人类命运的关注，对历史的审视和对社会变革的思索一直是中国文学亘古不变的主题。中国作家以唯美的基调、精致的语言、丰富多彩的笔墨向世界讲述着中国故事与中国经验，展示着独特的民族性格、深厚的地域文化和丰沛的精神言说。无论是中东欧还是中国的这些优秀文学成果，都是人类长期生活实践经验和智慧的结晶，是全人类共同的精神财富。

语言文字是人类精神活动的符号表达，而以语言文字为载体的文学作品则是折射人类思想的一面镜子。文学向世界展示人生的芜杂和多变，呈现人性深处的真实与本能，揭示生命的本质与真谛。因此，文学与社会是融为一体的，任何时候，文学都不仅是社会历史进程的记录者，同时也还是社会历史进程的重要推动者。文学与人类存在的价值和前途命运不可分割。

朋友们，作为专业的文学团体，中国作家协会积极开展与世界各国同行们的对话和思想交流，促进不同文明和文化的相互了解和相互学习与借鉴。中国作家协会始终致力于服务作家，关注文学热点，扶持文学创作，维护作家权益，加强文学的国际交流，我们已与许多国家的作家组织和文学机构建立了长期、广泛、真诚的交往关系。除作家互访、作品互译外，中国作协还组织中国作家参加国际文学节、国际书展、中外文学论坛、国际写作计划等重要文学活动，与全世界的作家同行分享写作经验和文学观念，每两年举办一次的汉学家文学翻译国际研讨会更是为中国文学的对外传播搭建了重要的沟通平台。

不同的地域环境塑造了多样的文化形态，沉淀了不同的文化底蕴，在全球化的时代，尊重不同文化个性的独立与发展，加强文化交流与合作，是维护世界文化多样性的重要前提。今天举办的中国—中东欧国家文学论坛为我们在思想文化领域共同探寻人类未来的精神生长提供了一个良好平台，也将成为中国与中东欧国家文学交流的一个新的里程碑，中国文学界愿意以更加积极的姿态与各国文学同行互动、互融、互赏、互鉴。2017 年，第二届中国—中东欧国家文学论坛将在中国举办，我们将以极大的热情迎接中东欧国家作家朋友们的到来。

最后，祝愿第一届中国—中东欧国家文学论坛圆满成功！祝我们的友谊和交流不断深化、不断发展！期待明年在中国与朋友们再次相聚！

2016 年 5 月 24 日

吴义勤

作家，评论家。中国作家协会书记处书记、中国现代文学馆馆长、《中国现代文学研究丛刊》主编，兼任中国小说学会副会长、中国当代文学研究会副会长等职。在《文学评论》《文艺研究》《中国现代文学研究丛刊》等重要刊物发表论文两百余篇，其中被《新华文摘》全文转载十余篇。作品曾获鲁迅文学奖、庄重文文学奖、中国文联文艺评论一等奖等奖项。主要作品有《难度·长度·速度·限度》《长篇小说与艺术问题》《极端的代价》等。

文化碰撞与文学创新

——在"中国—中东欧国家文学论坛"上的发言

■ 吴义勤

　　自然界的某些规律似乎同样适用于文学创作领域，正如两大地质板块相邻之处地壳活动必然剧烈、寒流暖流交汇之处必然形成产量丰富的渔场一样，那些不同文化传统交融、碰撞的"热点"地带，往往酝酿着文学发展的巨大可能性。在世界文学版图上，拉美、东欧和中国可以说是近几十年来最具活力和创新性的地域；而这三个地区，也正是当今世界文化交流、碰撞的热点地区。

　　关于拉美文学的情况，当代中国作家早已烂熟于心：二十世纪六十年代至七十年代初，以科塔萨尔、富恩特斯、加西亚·马尔克斯、巴尔加斯·略萨、若泽·萨拉马戈为代表的一大批拉美优秀作家及其作品如井喷般涌现，并持续影响了之后的世界文学进程。拉美文学的"爆炸"，原因可能有很多，但被人们普遍认可的一点，是拉丁美洲独特的文化区位因素。在这里，来自欧洲的天主教文明与土生土长的美洲印第安文明交汇，现代化的工业文明与传统的农业文明融合；随着世界性贸易的高度发展，又先后融入了来自非洲、亚洲的文化因子。各种文明的交流与碰撞，使生活在这片土地上的作家思想高度开放；理性与非理性、光怪陆离的现实与古老神秘的传统并存，促使他们思考自己所厕身的这片土地的本质乃至人类存在的本质。与这种思考相适应，文学风格的创新便应运而生，其中又以"魔幻现实主义"最为著名。拉美文学"爆炸"的奠基人之一、古巴作家卡彭铁尔曾指出，"这种活生生地存在着的神奇现实是整个美洲的财富"；也正因为如此，他才会提出"当小说不再像小说的时候，那就可能成为伟大的作品了"这样振聋发聩的观点。

拉美文学的崛起曾经给上世纪八十年代的中国作家带来过巨大的冲击，促使他们静心反思东方文化传统与西方现代文明之间的关系。也许，除了十九至二十世纪的俄苏文学外，还没有哪个时期、哪个地域的文学观念能像"爆炸"时期的拉美文学那样为中国当代文学带来如此深远的影响。他们不无欣喜地发现，曾经被视为"落伍"不堪、与西方现代文明处处抵牾扞格的东方传统文化里，却蕴涵着无穷的文学生长空间。一扇被冠以"寻根"之名的回归与创新之门敞开了，加西亚·马尔克斯的马孔多小镇一夜之间在古老而遥远的东方有了众多姊妹。更重要的是，中国作家们在创作意识上受到了一次洗礼。如果说，在此之前"创新"像一条狗一样追逐着中国作家、给他们带来了无尽的创作焦虑，那么，拉美文学经验引发的对传统文化与外来文化关系的思索，则让中国作家真正获得了驯服这条狗的绳索。

尽管相隔万里，在文化地缘上，拉美、东欧和中国却有着令人惊讶的相似性：都拥有光辉灿烂的历史，都具有广泛的文化包容性，也都曾经历过被侵略、瓜分、殖民的动荡岁月，承受过深重的苦难。因此，这三块热土成为各种文明交流融汇的广阔天地。拉美的情况如前所述。与中国和大多数拉美国家不同，由于历史和民族的原因，东欧地区小国林立。诞生并成长于捷克的昆德拉曾经说过，出生在小国是一种优势，因为身处小国，要么做一个可怜的、眼光狭窄的人，要么成为一个视野开放的"世界性的人"。介于东西方之间过渡地带的特殊地理位置，使东欧自古以来就是大国觊觎、争夺的对象，造就了这一地区始终变化不断的政治版图，也使东欧地区的民族和文化高度融合。种种因素，造就了东欧作家和东欧文学独特风貌，那就是：一方面坚守着本国、本民族的传统创作风格，例如波兰文学凝重深沉的历史感、匈牙利文学的英雄主义和自由诉求、捷克文学的幽默格调与反讽特色、阿尔巴尼亚文学对民族独立的讴歌和对"山鹰精神"的彰显等；另一方面，又对人类文学艺术传统中那些永恒的主题，例如生与死、真与假、善与恶等保持着高度的敏感与热情。无论是波兰诗人米沃什对真理的歌颂与求索、匈牙利作家凯尔泰斯对纳粹大屠杀的回望与控诉，还是捷克小说家伊凡·克里玛对世界悖谬和人性错综的白描、众多波黑和克罗地亚作家对社会动荡与冲突的暴露，都带有鲜明浓重的世界性观照。更重要的是，文化的交融带来创作观念的开放和创作技法的革新。卡夫卡对现代主义文学的开创意义自不待言，从赫拉巴尔、贡布罗维奇到布鲁诺·舒尔茨、伊斯梅尔·卡达莱，创新精神始终贯穿于东欧作家的创作生涯。也正因为如此，在这片长期分裂动荡、愁云密布的苦难大地上，能涌现出显克维奇、莱蒙特、米沃什、辛波斯卡、安德里奇、塞弗尔特、凯尔泰斯等诺贝尔文学奖得主，以及裴多菲、恰佩克、哈维尔、米兰·昆德拉等一大批具有广泛影响的作家，为东欧文学赢得了世界性的声誉。

拉美文学和东欧文学的成功，为具有同样文化地缘特征的中国提供了有益的启示，即必须在坚守传统文化优点和长处的基础上，以一种积极、包容的态度去面对文化的交流与融合。中国文学的现代化，只能在以传统为根基，充分认识、鉴别、吸收、消化外来文学资源的过程中实现。现代化是指向未来的，从来没有、也永远不会呈现"完成时态"，这就意味着我们必须始终以一种"未完成"的心态去对待文学创作，在从传统中汲取养分的同时，永远不要停下创新的步伐。T.S.艾略特曾在《传统与个人才能》中强调，"传统并不能继承，假若你需要它，你必须通过艰苦劳动来获得它"。所谓"艰苦劳动"，意味着富含创造性的艺术转化。而在文化碰撞空前剧烈的全球化的今天，这一"艰苦劳动"又有了新的内涵，那就是必须要有开放的眼光和心态，在张扬民族性的同时，在世界文学的背景下推动文学传统向前发展。从当下的创作实践来看，在这方面做得较好的，还是以莫言、贾平凹为代表的那一批五六十年代出生的作家。在这些作家的成长历程中，贯穿着中国传统文化与西方文化、农业（农村）文化与工业（城市）文化、革命政治文化与商业文化的交锋碰撞，创作方向和风格也在经历了数次调整与转向之后，找到了最适合自己、也最为读者所接受的道路。尤其是莫言，他的获奖再次雄辩地证明，在坚守文化（文学）传统基础上的包容性、开放性与创新性努力，是中国文学发展的必然选择。

熊育群

小说家、诗人、散文家，现任广东省作家协会副主席、广东文学院院长。1985年开始发表诗歌。出版有诗集《三只眼睛》，长篇小说《连尔居》《己卯年雨雪》，散文集及长篇非虚构作品《春天的十二条河流》《西藏的感动》《走不完的西藏》《灵地西藏》《罗马的时光游戏》《路上的祖先》《雪域神灵》《奢华的乡土》，摄影散文集《探险西藏》，文艺对话录《把你点燃》等十七部作品。曾获鲁迅文学奖、冰心散文奖等。

文学的力量何在

■ 熊育群

东欧文学对中国的影响非常深远。早在上世纪初，中国读者就读到了显克维奇、密支凯维奇、裴多菲等作家的作品，这些作品经过中国著名作家鲁迅、周作人、周瘦鹃等人译介到中国。五四新文化运动，中国倡导科学与民主，茅盾、巴金、郑振铎、林语堂等一大批名家译介了莱蒙特、普鲁斯、萨多维亚努、伐佐夫等东欧作家的作品。中国之所以译介这么多的东欧文学作品，正如鲁迅所说：声援弱小民族，鼓舞同胞精神。在中国苦难深重的时刻，东欧文学成了许多中国民众和斗士的精神食粮。

新中国成立后，由于与前苏联和东欧的特殊关系，东欧作家的作品译介到中国的就更多了。这一时期翻译的作家作品政治性要求更多一些。到了上世纪我出生的六十年代，中国进入"文革"时期，我们这一代只能看到阿尔巴尼亚、罗马尼亚和南斯拉夫的电影了。这是非常遗憾的。改革开放后，中国开始原文直译东欧的文学作品。米兰·昆德兰的作品曾经风靡中国文坛，影响深远，至今仍受追捧。

值得一提的是，2012年，广东花城出版社开始出版"蓝色东欧"译丛，至今已出版四辑。我们了解到匈牙利作家的写作，背负着沉重的民族屈辱感，特别是两次世界大战被划出匈牙利的作家，他们有着自我身份认同的焦虑，很多人只有在写作中释放内心的压力。譬如德拉古曼·久尔吉，对第二次世界大战、《特里亚农条约》、专制统治、艺术自由等问题，他的《白色国王》通过儿童的视角来观察、描述集权政府制造的恐惧与苦难。基什·诺艾米的《瘦弱的天使》展示匈牙利在改制前后的社会矛盾。

东欧作家的创作也有其鲜明的特性。东欧都是弱小的国家，历史上曾经不断遭受侵略、瓜分、吞并和异族统治，充满动荡与迁徙，都曾经把民族复兴当作最高目标，十九世纪末和二十世纪初相继获得独立或得到统一，饱经风雨和磨难。正是这样的历史造就了东欧作家强烈的社会责任感、使命感。

中国作家由于国家与东欧命运相似，我们遭受了西方列强的侵略，沦为半殖民地的国家。中国文人有修身齐家治国平天下的普遍理想，有忧国忧民的文学传统，在国家民族危难关头，不只是我笔写我心，还挺身而出，为民族为国家勇于担当。晚清的文人不缺仁人志士。

五四新文化运动，高扬民主与科学的大旗，许多作家以文学启蒙大众，改造社会。鲁迅就以"文艺是国民精神所发的光，同时也是引导国民精神前进的灯火"，他弃医从文，要唤醒"在铁屋子里沉睡的人们"。抗日战争爆发，中国人民遭受了世界上罕有的战争灾难，作家们以笔为枪，为民族救亡鼓与呼。抗战文学的抒写一直延续到了今天。

中国的改革开放，出现了新时期文学，作家们仍然承接了五四启蒙运动精神，反思极左，信奉实践是检验真理的唯一标准，高扬理想主义的旗帜，作家们有着强烈的社会参与意识、社会责任感。

可以说，东欧与中国文学，因为国家特殊的历史命运，使命感与责任意识成为了一种文学传统。这既成就了我们的文学，也从某些方面带来了限制。

随着市场经济的深入，全球化的影响，中国变化越来越大越来越快，未来变得难以预测。一个人既生活在现在，也生活在未来，人如果失去对未来的想象与期望，将变得焦灼不安，无心生活。我们憧憬并欢呼过全球化，我们享受了不断提速的交通与通讯，但我们的生活感受却并没有因此而变得美好。如果要为这个时代找出一个词语，我认为非"更新换代"莫属，它是剧烈竞争的产物，已成为当今世界的魔咒，像电器、软件、电脑、手机，更新之快，如滚石下山，它具有裹挟一切的力量，让生活翻滚、眩晕、惶恐不安，捎带歇斯底里。我们的价值观、伦理观、生活方式亦如万花筒式的呈现，促成代际差别，从十年缩短到五年、三年一代。

作家们像手工艺者面对机器时代一样失落。中国作家的写作出现了很大的变化，在我写作的这二十余年里，文学的视角从宏大叙事的国家主义、集体主义滑向了私人生活、身体，甚至下半身……人类与自然和谐相处的时代也因工业文明结束了，诗意的充满灵性与神性的自然，如水一样从文字的石缝间漏落。那种对于自然崇敬而富诗意的描述与发现，不再激发语言的潜能与它无穷的可能，自然与人类精神相通而升华出的审美境界——中国艺术最高之境天人合一——随之远去。我们正转过身来只面对人类自身甚至只是身体，我们正从这个世界的广大走向狭小，欲望化的叙事洪流一样淹过了这个世界无尽的丰富。一个物质主义的、消费主义的世界——我们在强大的利益与科技主义驱动中，及时行乐，娱乐至死。

但是，看看当今的世界，危机比以往更加严峻。可以无数次毁灭地球的核武器、威力越来越巨大的导弹，与反导系统相互对峙，构成了这个世界的表征。我们生活在导弹的丛林，却对危险习以为常。后冷战时期，国际局势愈加动荡不宁，我们还没解开乌克兰坠机之谜，地中海冲上海岸的孩子的尸体又带来了叙利亚难民的伤痛，朝鲜的核试，韩美的大规模军事演习，一些域外国家南海的武力威胁，四处出现的恐怖袭击，还没有哪个时代出现过这么多针对平民的以死相害的自杀式袭击者；后殖民时代，帝国主义换上了新装，强权霸权欲掩还休，一些国家强加于人的喜好与传统，正把世界引入纷争与混乱，造成众多的人道灾难；政客们只为自己的权力之路振振有词，血色资本在荒岛之上，以奴役囚禁劳工的方式榨取血汗钱；新干涉主义，气候变化，环境污染，新的传染性疾病……二十一世纪人类面临的挑战一点也不比过去少。

作家们的社会责任感却在衰退之中，他们无力或不愿看见这个世界，文学只是自己精神幻想的替代品，甚至只是商品、工具。如果作家失去了对世界的关注与思考，失去了社会责任感，这个世界失去的将是重建社会价值体系、构筑人类精神家园，以及对世界公平正义秩序维护的重要力量，文学的光亮将因此而黯淡。

应该说，有责任有担当的作家仍然在发声，他们是这个世界的良知，是照亮时代前行的灯火。中国有不少作家在关注现实，有写底层民众疾苦的。我本人由散文进入长篇小说写作时，一直在思考人类的文明与文明的走向，思考人原始的本性，思考人性与社会发展方向的关系，人类社会的进程如何摆脱欲望控制走向理智控制……这时我们需要往回看，守旧也许才是我们这个时代真正的先锋。我的长篇小说《连尔居》就是一次往回看的写作。往回看是为了更好地看清当下。

去年是纪念世界反法西斯胜利七十周年，中国于9月3日举行了隆重的纪念仪式。八年抗战，中国军民伤亡人数达到了三千五百多万人。在我老家营田，1939年9月23日发生了大屠杀，史称"营田惨案"。七十年过去了，我在日本采访，很少有人明白日本侵华战争的性质与真相，知道的也不愿提及，甚至极力掩饰、篡改，加之安倍政权强行推动新安保法案，意在推翻和平宪法。这引起了日本重走军国主义之路的疑虑。

战争并没有走远，当年惨案的幸存者还在，他们的诉说把我带回灾难现场，但周围的人已经遗忘了战争的残酷。正是基于对和平的渴望与维护，对战争真相与罪恶的揭示，我穷十四年努力，创作了长篇小说《己卯年雨雪》，它以真实战争下普通人悲惨的命运与无尽的哀伤来唤醒战争记忆，以此呼唤和捍卫和平。

历史不容忘记，我们牢记历史，不是为了记住仇恨，而是为了记住罪恶，是为了现实世界不再迷失方向；历史问题不容和解，和解就意味着背叛，但现实需要和解，和解是为了避免重蹈覆辙，是为了不再生活在仇恨之中。《己卯年雨雪》年初出版后，引发了一个事件：2016年3月28日，在小说故事原型地湖南湘阴"长沙会战"旧战场，当年抗战的中国老战士、侵华日军士兵及家属、"营田惨案"幸存者坐到了一起，举行了名为"只求灵魂安息，悲剧不再重演"的恳谈会、营田百骨塔祭祀会和樱花树中日友好和平祈愿会。一场迟到了七十七年的祭祀得以举行。这是自抗战爆发以来，中日老兵第一次坐到一起，共同反省战争、祭祀死难者、祈愿和平，实现了跨越时空、跨越时代的零距离对话。

这就是一部小说的力量，也是小说所达成的现实与历史的意义。

世界从来没有像现在这样紧密相连，也从来没有像现在这样利益攸关，矛盾与冲突如此的繁多，邪恶与善和美的较量从来就不会终结，恶的时代是人为制造的，美的时代也是人类所创造，人类社会美好的未来需要作家去想象、启蒙、推动与创造，这是作家存在的价值，也是文学的力量所在。我们精神的心灵的世界塑形于我们民族的传统，我们皈依于她，也从她身上获得出发的力量。当社会迷失的时候，作为人类文明的看护者，作家不可以迷失。这缘于一份责任，也缘于爱。

刘文艳

作家、学者、高级记者。现任辽宁省作家协会主席。上世纪八十年代开始发表诗歌、小说、散文等文学作品。1987年出版文学传记《尹湛纳希传》，1995年出版《春风秋雨——刘文艳报告文学集》，2010年出版纪实散文集《爱的诉说》，其作品多次在《人民日报》《光明日报》《文艺报》《中国青年报》《香港大公报》《博览群书》《散文海外版》等报纸杂志发表，曾获全国第五届冰心散文奖、辽宁文学奖。

女性，因文学而飞翔

■ 刘文艳

有幸随同中国作家代表团来到美丽的巴拉顿菲莱德，出席中国—中东欧国家文学论坛，感到非常高兴。匈牙利有着悠久的历史文化，匈牙利文学在中国也有着广泛的影响。中国的鲁迅先生曾在《为了忘却的纪念》一文中引用了匈牙利作家裴多菲的诗："生命诚可贵，爱情价更高，若为自由故，两者皆可抛。"这首诗曾经鼓舞了许多中国年轻人，为理想、为真理、为自由而不怕牺牲、勇往直前地去奋斗。今天来到这里，与匈牙利及中东欧十六个国家的作家，进行面对面的文学交流，感到非常亲切。今天，我们讨论的主题是女性角色与文学，这个主题非常有意义。在中国，有许多女作家的文学创作很有成就。中国作家协会主席铁凝，就是一位创作成就突出的女作家，是中国作家的杰出代表。今天出席论坛的中东欧国家的女作家也都是女作家的优秀代表，在此，首先向各位表示崇高敬意！

"一个人之为女人，与其说是'天生'的，不如说是'形成'的。"西蒙·波伏娃一语道破天机，掀开历史的面纱，揭示了女性如何成为"第二性"的巨大历史隐秘，即"女性"如何由自然的生理属性，被历史文化人为地划归为"另一性"的社会身份属性。这就注定要开启了一条女性被贬为"他者"，然后进一步客观地认识自身价值，直至走向积极的自我救赎之路。这是一条充满荆棘与光荣的道路。女性要超越自身弱点、超越性别"劣势"，求得更适合自己的生存与发展空间，要争取"自己的一间屋"，升华人性的光辉，获得自由自在的飞翔，必须寻求到一种途径，一种方式，一种载体，完成自我的有效表达。

文学，因其与女性天然的、本质的联系，自然而然地成为女性自我救赎的翅膀，成为女性与世界沟通对话、表达自我的媒介，成为女性与命运抗争的武器。可以说，女性选择了文学，文学亦选择了女性。勃朗特三姐妹、海伦·凯勒、伏尼契、乔治·桑、伍尔夫、紫式部、赛珍珠、阿赫玛托娃、杜拉斯、多丽丝·莱辛、蔡文姬、李清照、冰心、张爱玲、萧红、丁玲、张洁、王安忆、铁凝、迟子建……文学史为我们开具了一长串数不胜数、不胜枚举的名单，这里不仅有繁花似锦式的文学书写，更有乱云飞渡式的女性命运的解读。女性与文学，柔肠百结，难离难弃。

首先，文学是女性认识自我、倾诉内心、表达情感的理想方式。文学是对现实生活的投射，是对人类情感的表达，它恰好与女性的特质有着不谋而合的默契。女性因为众所周知的社会历史原因，始终被作为"第二性"、"他者"的形象而存在，她总是处于男性的、阳刚的、统治的话语霸权之外，女性长期处于社会历史的边缘而存在，她们只能间接地对世界产生影响，而非主导者。因此，借助文学艺术的方式，女性可以淋漓尽致地表达自我内心最真实最隐秘的情感世界，女性自身在这样的表达过程中逐渐获得对"自我"的清醒观照。女性写作常常借助于梦境、独白、心灵呓语、日记体、恋爱婚姻、家庭琐事、身边故事这样的个人抒情形式，因为曾经的女性生活的空间与轨迹正是如此，看似狭小，却也是社会生活间接或直接的反映，女性的心理、情愫、才思，在这里找到突破与宣泄的渠道，她们的生活体验即是艺术体验。女性在这里书写自我，审视自我，最终形成对自我形象的认知和定位。可以说，文学，是女性进行自我认知的成本最低、效果最直接，最行之有效的方式。

其次，文学是女性超越自我、走向觉醒、参与社会生活的有效途径。文学之所以为文学，它通过对现实生活的再现反映人类的精神世界的复杂性，解析人类的灵魂层面的深广度，可以说，文学因为这种深广度而成为一切艺术门类的母体。从文化与文学发展角度来讲，无论是西方还是中国的启蒙主义运动，不仅带来了女性精神的全方位觉醒和解放，更使得女性有了明确的自我标举，女权主义、女性主义思潮、理论应运而生。女性与文学的关系不再局限于闺房之内，女性以文学为载体试图全面颠覆男性中心主义的世界。女性也因此走向觉醒，走向对社会生活的参与，她们试图结束几个世纪的暗哑无声的境遇，试图改写由男性书写的历史，在人类历史上发出自己的声音。正如女性主义批评家埃莲娜·西苏所言："妇女必须参加写作，必须写自己，必须写妇女……妇女必须把自己写进文本——就像通过自己的奋斗嵌入世界和历史一样。"女性与文学的关系，不再是主体与客体、塑造与被塑造的简单关系，而是女性超越自我狭窄的内宇宙，唤醒主体意识，寻求性别的平等，全方位参与社会生活的有效通路。此时，女性与文学的依存关系获得了更宽泛的价值意义。

再次，文学是女性升华自我、完善生命、寻求人性和谐的良方。女性与文学相生相伴的关系，正经历着由浅及深，由内及外，由小我走向大我的过程。文学成为女性的重要生存方式，它的终极意义不止于认知、不止于超越，而在于升华、完善女性的生命内核，寻求与男性之间彼此的尊重、平等、对话、共处，从而走向双性和谐真正的完美的世界秩序。真正深邃的、有世界影响的女性文学写作，其实都不局限于女性生活一隅，而是展现出女性以自己博大的胸怀，似水的柔情，母性的包容力量，感念天地苍生，悲天悯人，走向人类共通的大情怀、大悲悯，审视人类生存的终极意义。女性赋予文学更为深刻与宽广的内涵，文学反哺女性以生命的华丽绚烂、博大丰美，二者你中有我，我中有你，惺惺相惜，彼此见证。如果说，文学的终极意义是对人类精神的呵护和拯救，那么，女性则扮演了拯救者与被拯救者的双重角色，女性作为完整意义上的"人"积极地站立起来，抹平性别不平等带来的伤痕，不再缺席人类的呼唤，而是面向着全人类发声，面向着人类的终极意义发声，女性将因此充满和谐的生命活力！

以上是我从三个方面阐述了文学对于女性认知自我、超越自我、升华自我的作用。这次出席论坛，我还带来纪实散文集《爱的诉说》和这本书的评论集《大爱之歌》。《爱的诉说》书写了母女之爱，特别书写了作为女儿的我，在母亲得了绝症之后内心之无比痛苦，这痛苦来自于我对母亲的留恋和对没有更多关照母亲的忏悔，还有面对母亲生命濒危而无法挽救的无奈以及母亲去世后那撕心裂肺的思念。这本书的书写是伴着泪水的，是内心情感的自然流淌。《爱的诉说》出版之后，许多读者与之共鸣，并由衷写下读后感和文学评论，这些都收在《大爱之歌》里。母亲去世后很长一段时间，我内心痛苦至极，常常以泪洗面。写完此书之后，我的心灵得到慰藉，心情平静了许多。因为文学，让我的感情得到了抒发，让我的境界得到了升华，让我对人生的意义有了更深的思考和理解。从这个意义上说，文学，是女性自我救赎的翅膀，是心灵抚慰和升华的良方，也是女性走向更高境界的有效之途。女性，因文学而飞翔！

张 楚

1974 年生，小说家。在《人民文学》《收获》《十月》《当代》等杂志发表过小说，出版小说集《樱桃记》《七根孔雀羽毛》《夜是怎样黑下来的》《野象小姐》《在云落》，随笔集《秘密呼喊自己的名字》。曾获《人民文学》短篇小说奖、《中国作家》"大红鹰文学奖"、林斤澜短篇小说奖、鲁迅文学奖、《小说月报》百花奖、孙犁文学奖、《北京文学·中篇小说月报》奖、《十月》青年作家奖、《小说选刊》奖等。

文学与新传媒技术

■ 张　楚

我上大学的时候是二十世纪九十年代中期。那个时候，大学生们除了踢足球、打篮球和谈恋爱，就是读书。我记得隔壁宿舍有个来自新疆的学生，有一次买了套普鲁斯特的《追忆似水年华》，白色封面，密密麻麻的排版，散发着诱人的墨香。我借了两次他才借给我，而且只借一个礼拜。我把书拿到宿舍，让室友们很是雀跃一番，虽然我们学的是财务会计专业，但大家都争先恐后地翻阅，当然，有的只是翻了两页就怏怏地放下。我记得那时同学们都喜欢读书，图书馆开馆时，想占个座位都很难。图书馆被借得最多的永远是卡夫卡、米兰·昆德拉、福克纳、博尔赫斯、托尔斯泰、简·奥斯汀、苏童、余华、格非、莫言等中外现当代作家的小说。那个时候，还没有网络，电视也很少看，阅读文学书籍似乎是学生们的最佳选择。我毕业后分配到国税局工作，那时单位还有很多同事订阅《收获》《人民文学》《小说选刊》

等杂志。等到了 2006 年左右，阅读纸质书籍的人似乎一下子骤减。这个时候，电视娱乐节目已经铺天盖地，超级女声、我型我秀等选秀节目成为收视率的新标，而且网络已经普及。即便对于小镇上的居民来讲，如果谁家里没有一台电脑，也是件丢人落伍的事情。

那么，在新传媒时代，传媒技术对文学起着什么样的作用？我个人认为，一方面，电视、网络等新媒体对文学经典的传播起了不容轻觑的作用。改编自文学经典的影视收视率对图书销量可以说有着直接影响，同时，一些推介图书的读书栏目也间接影响着书籍的影响力。比如凤凰卫视中文台的《开卷八分钟》作为日播出节目，每天用八分钟的时间向观众介绍中国现当代文学经典、中国传统经典、外国名著。网络对文学的影响更是复杂难言。每个网站读书栏目所列的阅读、销售或推荐排行榜，以及读者参与和互动形成的口碑蝴蝶效应等，所造成的图书传播范围和影响力都不是传统阅读可以比拟的。比如，新浪网站每个月及年度的"好书排行榜"，对书籍的销售有着很大的推动作用。我有个朋友出了本非虚构作品，卖得并不好，可是入围新浪年度排行榜后，很快就脱销了。微信公众号的兴起，也促进了文学的传播和阅读。比如著名的文学刊物《收获》杂志的微信公众号，订阅人数已经达到八万多人；公众号"读首诗再睡觉"，每一首诗歌的阅读量都在三万次左右；公众号"为你读诗"，阅读量基本都是十万次左右，点赞人数都在四百人左右。你以为这是一个没有人再阅读诗歌的国度，可是你会发现，很多人跟你一样，心里一直栖息着"诗与远方"。可以说，新媒体通过其影响力、权威性和公信力，有效地、微妙地引导着民众阅读，并且将一小部分审美趣味和审美层次相同的人，以手机阅读的方式聚集到一起。

但是另外一方面，新传媒时代，阅读的功利化、浅俗化、娱乐化是一个不争的事实。网络文学的诞生正是这一事实的最好证明。本雅明在《讲故事的人》中，曾经担心讲故事的人会消亡。而在网络时代，每个人都成了会讲故事的人。只要你会书写文字，似乎你就会写小说，而且对传统作家充满了居高临下的鄙夷和蔑视。在北京坐地铁，你会发现百分之八十的人都在低头看手机，但是大部分人阅读的都是穿越、盗墓、玄幻等题材的小说。我不是说这些题材的小说不好，而是我觉得，如果一个国度的大部分公民每天最喜欢阅读的是这些题材的小说，是这些粗鄙的语言和浅陋的思想，那么我们的经典文学和传统美德如何传承？举个例子，我们单位已经没有人再订阅纯文学杂志，也很少有人阅读纯文学作品，连年近六十的老同志都在津津有味地看盗墓小说和艳情小说。凤凰卫视中文台的《开卷八分钟》也已经停播了。中国学者徐兆寿先生曾经这样总结如今的中国：今天的书写已经失去边界，在以往时代被文学的伦理禁锢着的魔鬼都被网络解放了。大量粗俗的流氓语言充斥网络，被认为是文学语言；所有的行为都可进入书写的范畴，人类原有的经典被解构一空，一切神圣、正面的价值体系在今天土崩瓦解；审丑、恶心、阴谋、罪恶、残暴都成为书写者们愿意精心打造的美学立场，与此相对应的存在则成为人们耻笑的对象。尤其是在一些超文本的书写中，网民们将所有的不满、愤怒、恶语都喷洒在网上。这就是今天的写作世相。

文学与新媒体技术的关系是极其复杂的，但是归根到底，问题的症结并不在于二者。我个人认为，只有对公民进行有效的、长期的美学素质教育和经典文学阅读指引，才是祛除阅读粗鄙化、纯娱乐化的根本。卡尔维诺在《为什么读经典》中说："经典作品是一些产生某种特殊影响的书，它们要么自己以遗忘的方式给我们的想象力打下印记，要么乔装成个人或集体的无意识隐藏在深层记忆中。"当人们远离经典而不自觉时，他们的内心会越来越粗糙，并对这个多维世界保持着一份可耻的沉默，同时他们对自身的社会属性和社会正义缺乏必要的、完整的、切入肌肤的认知与反思。其实许多当代欧美国家都异常重视全民阅读：早在1997年，美国政府就掀起了"阅读挑战行动"，当时的总统克林顿亲自作了《美国阅读挑战行动报告》。2001年，布什政府发布了《不让一个孩子落后》的教育改革议案，指出"美国存在两个民族：一个能阅读，另一个不能"。只有对公民进行了有效的阅读教育，才会让公民分辨出什么是钻石，什么是垃圾。这时，新传媒技术也仅仅变成了技术而已，无论它如何变化，它只会为文学的传播起到积极的、万花筒般的作用，而不是，成为经典文学的掘墓人，成为粗鄙文化的代言人。

内地与港澳的文学对话——文学的土地

文本与城市生活·地域与乡愁

黄咏梅

女，生于上世纪七十年代。2002 年开始小说创作。在《人民文学》《花城》《钟山》《收获》《十月》等杂志发表小说近百万字。多篇作品被《小说月报》《中篇小说选刊》《小说选刊》等转载并收入多种选本。出版小说《一本正经》《把梦想喂肥》《隐身登录》《少爷威威》《走甜》。曾获《十月》文学奖、《人民文学》新人奖、《钟山》文学奖等。小说多次进入中国小说学会年度排行榜。

写出与城市精神气质相契相生的人

■ 黄咏梅

　　这次来香港跟作家交流文学写作，对我个人来说，是很亲切的。因为我现在虽然居住在浙江杭州，但是，粤语却是我的方言。我的出生地在广西梧州市，后来有十多年的时间生活在广州，这两个地方讲的都是粤语方言。不仅方言很亲切，就连文化也很有亲近感。我的成长期是改革开放初期，阅读了很多香港作家作品，比如中学时代读金庸、古龙、梁羽生、亦舒、倪匡、西西、李碧华等名家作品，晚一点接触到的董桥、陈冠中等老师的作品，少年时代，我是在一年一度的"香港十大劲歌金曲"的陪伴下长大的。过去，我们总是说香港是个花花世界，可是，很奇怪的是，我仅仅能从娱乐、影视这些方面感受到香港的热闹，在香港作家的作品中，却几乎很少能读到那种喧哗和骚动的光影。那感觉就像你看到一个人，独自走在一条小街巷，而与街巷咫尺之隔的世界，车水马龙、霓虹闪烁甚至纸醉金迷，即便如此，那个人却惘然置身其外。

我想说的是，无论香港还是内地，城市生活在作家的笔下，经常是这样作为一种背景，而作家关注的往往是在这背景之中的那一个人，关注他的命运，他的所思所感，那些处于相对常态、常理和常情之中的东西。无论城市向作家展现出哪一种风貌，作家笔下的那一个人，都是独一无二的个体，是日常生活叠加之中的沉思和感触，是物质之中的精神，是变之中的常。

我并不是撇清在写作中城市生活对作家的影响。相反，这些年，我深刻地感受到城市生活对一个写作者来说，具有本质上的影响。在2013年之前，我生活在广州，很长一段时间，我被认为是岭南小说作家，那期间写了很多小说，的确被读者认为是有岭南味道的。我曾经用谭咏麟的歌《少爷威威》作为题目写过一个小说，这个小说里有大量的粤语方言，写的是广州。写完这个小说不久，我就离开广州，到杭州生活了，我告别岭南生活而投入另一种江南生活。我的生活发生了重大的改变，更重要的是，地理位移决定了精神气息、文化土壤的变更。在杭州的这几年，我依然在写小说，但是，我很少写到广州，几乎很少用粤语腔调。这并不是我有意为之。如果说，广州这个城市曾经是我多年来的写作根据地，那么我怎么会轻易丢掉这个根据地呢？但是，没有办法，我是一个热衷于写日常生活的人，我所处的城市，每天走的路线、公交地铁、吃的东西、听的语言甚至菜市场里的叫卖，这些都构成了我笔下的描写，在这个城市的所有生活细节都会成为我新的写作素材。

到目前为止，我在杭州的写作，城市面貌是模糊的。这固然是跟我对这个地方的融入程度有很大的关系。我忽然想到，实际上现在不少作家写城市生活，城市的面孔都存在同质化的倾向，是模糊的。随着现代城市生活方式的日益成熟，城市和城市人的日常生活，几乎都很一致，如果你并不能够展现其精神风貌，那么你笔下的城市，替换成另外一个城市也是成立的。并不是说，你把城市的一些元素放进作品里，你写的就是城市小说。相反的，就像我前边说的，有些香港作家的作品，并不直接写香港，但香港的烟火气却经由街巷中那个独自行走的人散发出来。同样的，简单地将城市生活与欲望、消费等符号连接在一起，也是一个作家与城市生活格格不入的表现。

我想，作家写的城市并不是一个地名，而是写自己对一个城市的精神气质的理解，作家写的城市人，就是与城市的精神气质相契相生的人，就是与城市命运的伏线相互印证的人，就像狄更斯，就像张爱玲，就像村上春树等作家写的那样。做到这些，可能要耗去作家一生的时间去安静地进入到这些日常的甚至鸡毛蒜皮的生活当中去。

地域与乡愁
——乡愁是现代生活的一种诗性的感伤

"乡愁"这个主题，从古至今都是一个文学的母题。随着现代化的进程，"乡愁"已经从一种传统的对故乡的怀念情绪，逐渐演变为对现代生活的一种感伤。评论家张柠先生对此有过很精到的概括："都市怀乡病"已经成为当下都市的一种集中症候。今天，这种病症甚至出现在许多未曾经历乡村生活的年轻人身上，他们的临床症状当然不是对庄稼和大家族的思恋怀念，而是表现为对时代生活的莫名焦虑，甚至对作为都市文化雕刻品的"自我"的拒斥、厌弃。

我对张柠先生的说法深深认同。因为，像我这种出生于七十年代的生长于城市的人来说，说起"乡愁"，并没有太具体的指向，它更多的是一种精神上的漂泊的感伤。现代人的迁徙，一代比一代普遍。或者从农村到城市，或者从这个城市到那个城市。有人认为我们这一代人是"无根的一代"——生长在故乡，其实也就是十来年工夫，大学开始离开故乡，大学毕业后到一个他乡生存，直到他乡变成故乡，故乡变成远方。很多人在异乡生活比在故乡生活要长得多，人生很多重大时刻都在异乡发生。这种"无根"最直接、具体的表现，就在于方言从自己的日常话语里剥落，最终导致精神上的漂泊。

我们不会像老一辈作家那样，因为对过去乡村生活的留恋，时常在作品里描写那些过去的乡村，事实上，他们笔下的乡村已经跟现在的乡村很不一样了，中国的乡村已经发生了很大的改变，已经是不一样的月光了。但是，他们依然很执拗地在记忆中打捞着那个带着深深的情感的乡村。这种传统的乡愁，在我们这一代人乃至后几代人身上已经很少存在。

如果说，我们这一代人有"乡愁"，大概更多地指向我们身处现代社会中，处于现代性冲击所导致的社会急剧变化之中，生命个体的焦虑情绪和怅惘体验。这些情绪体验，在我们心中形成了感伤的诗性，体现在我们作品中，往往形成一种"挽歌"的味道。比如说，我们的作品中也许鲜见高大上的主流人物，但从来不缺少"LOSER"（失败者），我们的作品喜欢凝视那些徜徉在都市中的闲逛者、观察者、溃败者、流浪者，他们在城市回望故乡哼出的是一首首挽歌，而在城市仰望星空，每每心里又在酝酿一个个乌托邦式的"逃跑计划"。这些边缘人群成为我们现在笔下最重要的主角，他们以边缘的姿态和心态，代表了我们身处这个转型时期的惶惑感。这种"乡愁"成为一种典型的时代病症，我们这一代作家藉由这种乡愁不断追问自己的来时之路和未来之路。

我想，对于一个写作的人来说，这种"乡愁"并不是一件坏事。它总是使我们身处安然、物质相对丰实的现代生活中，却时时能感到精神的孤独和荒凉，并不断地在笔下试图写出这种孤独和荒凉。

林那北

女，福建省作家协会副主席，《中篇小说选刊》杂志社社长、主编，已出版长篇小说、小说集等二十部，代表作有《寻找妻子古菜花》《浦之上》《唇红齿白》《王小二同学的爱情》《我的唐山》等。

文本与城市

■ 林那北

一　文本与城市

这个题目之下，我要谈的是我所居住的城市福州和我的一部长篇小说《剑问》。

从事小说写作之前，我曾经在地方志办公室工作过，终日翻阅那些纸张发黄的史料；后来又曾经担任记者，在福州四处采访。地方志史料让我察觉到这个城市悠久的历史脉络，记者生涯的奔跑让我了解到这个城市的日常温度。这是我熟悉这个城市的两种方式：看时光深处的历史与真实触摸现实。

2005 年中央电视台探索发现频道来福州拍摄一部六集纪录片《三坊七巷》，由我担任撰稿，这使我接触到这个城市的一个传奇性的区域：三坊七巷。这部纪录片被评为 2005 年全国十佳纪录片，前不久央视还在重播。

相当长的历史时期，福州仅仅是中国南方的一个平凡无奇的中等城市，偏于东南一隅，开化迟，很难进入历史的聚光灯。然而，近代史上，到了"睁眼看世界"的年代，这个城市积蓄的能量一下子爆发出极为耀眼的光芒。林则徐、沈葆桢、严复、萨镇冰、林觉民、陈宝琛、林纾、谢冰心，众多如雷贯耳的名字几乎同时涌现。如此之多杰出的人物为什么能够在如此之短的时间聚首这个城市，这是历史抛出的一个谜团。他们不仅是姻亲、师生、同僚、老友，而且，竟然恰好是左邻右舍，共同居住在福州的三坊七巷这个唐朝时兴起的古老坊巷街区，对于福州人说来，这是一种奇异的历史感受：这些人物居住过的老屋就在身边，伸手可触。深宅大院，水榭楼台，高高的门楼和雕花的栏杆。老屋无言，但是，它们将因为栖居过伟大的灵魂而不朽。

《三坊七巷》纪录片让我重新认识了身边的这个城市，它不仅有嘈杂的街道，喧闹的市场，纵横交错的四十二条内河与湿漉漉的空气，而且，这里曾经英才辈出，文脉悠远。夕阳之下优美而落寞的曲线山墙是一个引人遐想的地方，同一天空下那些交错在另一时空里的人物，他们的生活质地与人生悲欢会出其不意地从一座牌坊、一面风火墙背后忽然闪现，与我四目相对，隔空呼应。此时纪实显然已经无法承载蜂拥而至的想象，于是我选择了小说。

长篇小说《剑问》写的就是民国时期发生在三坊七巷一座老宅里的故事。围绕着一把勾践后裔无诸已经遗失两千多年的青铜剑，这户人家的三个兄弟各自背负着种种曲折艰辛的人生际遇，众多人物纷至沓来；几条故事的线索如同缠绕的藤蔓，环环相扣同时又各有千秋。这里有大丈夫的家国情怀，也有小儿女的卿卿我我，有紧张和传奇，也有缠绵和痛心，而福建特有的闽都文化、船政文化、闽西红色文化都成为故事起承转合的背景。

《剑问》并非传统意义上的历史小说，它的空间地点和历史时间是纪实的，但是，小说的主人公以及故事情节完全虚构。这种文学处理既能满足我对于这个城市的理解，又能放飞自由自在的文学想象。

二 地域与乡愁

福建人的祖上大多是从中原迁徙来的，最早的战国时期，就是我在长篇小说《剑问》中那把青铜剑的主人无诸，越国被楚国所灭后，越人南下入闽，逐渐与闽族人融合，形成闽越族。无诸是入闽第七代，他帮助刘邦打败项羽，被封为闽越王，建治城，就是福州城的起始。之后从晋永嘉二年衣冠南渡起，因避战乱，中原人开始大规模进入福建，尤其是安史之乱、靖康之乱以及唐总章二年河南固始人陈政陈元光父子带三千多士兵入闽平定战乱、唐光启元年同样是固始人的王审知兄弟带五千多起义军南下，这两支队伍后来都定居下来。虽然福建似乎一直不处于中国政治中心，却始终被历史所辐射。

我的根就是在河南固始，往上溯，祖先是著名的比干。但几十年来除了偶尔的出差，我的生活重心全部在福建这块土地上，连求学都不曾离开过。一个始终没有离开过家乡的人怎么谈乡愁呢？狭义的应该没有，但从广义上说，"愁"有时候是一种情怀或者情绪。

有评论家指出，我很多小说都以"寻找"为主题。中篇小说《寻找妻子古菜花》可能最典型，一个原本十分自信的年轻农民李富贵，他漂亮的妻子却跟着来家里打了几天家具的其貌不扬的木匠私奔了，于是李富贵执意外出，他寻找的是答案，也寻找回自己的尊严。2014年的另一部中篇小说《镜子》寻找的不是人，而是在土改时被诬骗走的古董。主人公余多顺原是地主之子，当他尚年幼时风暴来了，从此被卷进，命运霎时改变。几十年后当时局融冰时，余多顺却已经年迈，人生不可能从头再来，他急着寻找回来的不仅仅是一堆价值连城的财富，更欲洗刷被人欺骗耍弄的耻辱以及对被无端损害的自我的慰藉与补偿。生命如此渺小，而经意与不经意间降临的痛点却如此巨大，消逝的其实永远不再，坚持不懈地寻找有时仅仅是一种精神需求。

大约正是因为祖上有那些经历的缘故，福建人身上大多有迁徙的基因，一代又一代人源源不断拼上性命走向海外，吃苦受累都不在话下，在我看来其实也都是"寻找"的一种——寻找更丰满多元的人生与更坚实可靠的生活，于是寻找与回望就构成乡愁中两个相辅相成的元素。

这几年我还做过两部大型纪录片，一部是十四集的《过台湾》，从明末一直到 1945 年台湾光复，将近四百年的历史悉数呈现，即将在央视播出。另一部是《闽南望族》，反映闽南大家族的故事。虽然我自己一直固守同一个地方，但是通过做这两部片子，接触了很多台湾人及在海外谋生的福建人。他们有相似的迁徙经历，但即使在同一地域也有完全不一样的人生体验，所谓乡愁在他们身上已经错综复杂，而复杂正可以构成文学的丰富性。

路内

1973 年生，作家。著有《少年巴比伦》《花街往事》《慈悲》等。曾获首届《人民文学》新人奖长篇奖，《GQ》中文版年度作家，《南方人物周刊》年度人物，华语文学传媒奖年度小说家。

文学的土地

■ 路　内

一　文本与城市生活

在小说中有一个现象，城市的命名有时被代之以符号，或虚构。然而它总是不如乡村的虚构命名来得彻底，比如福克纳的约克纳帕塔法镇、马尔克斯的马贡多，即便是波拉尼奥的圣特蕾莎市，也是一座边境小城。这似乎牵涉到一个美学心理上的较量，城市容纳了寓言，而乡村被寓言化。

在庞大的城市文学版图上我们可以列出普鲁斯特的巴黎，乔伊斯的都柏林，卡夫卡的布拉格……那是属于他们时代的城市，然而似乎仍然可以跨越时空来到我们眼前。柏林曾被夷为平地，莫斯科在一个世纪中经历了数次重大的政治变动，这些城市记载了历史的同时也记载了文学，大事件和庸俗生活并存的人类文明的面貌。

在城市文学中，相对而言，荒诞与精彩的往往是人，而不是事件。城市作为一个载体容纳了所有可能的事件，随着诸多文本的堆积和传媒的发达，事件本身的新鲜度正在迅速降低、贬值。这些事件被反复书写，对白的高度同质化也使作家很伤脑筋。但是在城市中溢出的人口填补了空白，堂吉诃德仅仅作为堂吉诃德就已经具备了书写的可能，即使他是个宅男。反观乡村，乡村的文本仍然大量地以事件为中心书写，人是符号化的。中国文学三十年的变化，从一种革命叙事转向个人叙事，除了作家主观方面的因素之外，人口和知识阶层向城市的聚拢也起了决定作用。当然，也不是完全割裂，在不同的时代城市和乡村的文学之间存在相互的影响，取决于谁更强势（限于时间，就不展开讲了）。

基于"人"的诉求，城市文学扩展到所有人格化的"物"，人和物之间形成的文本坚固性超越了事件。事件的时间性被抹去，而人和物的加速变更（同时语言也在加速变更），生活的庸常性质（经验范畴内的素材）转而贩售给了廉价的电视剧（或者电视剧式的小说），文学的虚无性质再次递增。我们认知了一个城市文本，这个文本基于城市的核心诉求还是快速变更的生活方式，基于永恒还是基于此时此地。用一个比喻的方式：我们拥有了认知事件真相的经验，于是真相变成了仅仅是这一秒钟的事情。

二　地域与乡愁

开个玩笑：一个上海人住在上海，如果他时至今日还没有买一套房子，他将拥有巨大的乡愁。把上海换成北京、广州，亦然。但我不太清楚香港的情况。

说到地域问题，我认为中国百年来最大的一个主题是"歧视"。地域歧视渗透在每一个地方，如果说南方和北方有文化对峙的话（和辻哲郎所说的风土差异），那么我故乡那座小城，以护城河为界，城里的人轻度歧视城外的农民，显然带有阶级歧视的意味。地域问题包含了中国近现代最主要的矛盾，文化差异，民族差异，阶级差异，城乡差异。这应该是一个非常严肃的话题，但派生出的另一个词，乡愁，却带有强烈的浪漫色彩。

那么我们看看这个词是否真的浪漫。在中国现当代作家中，恰恰是相对激进的作家表达乡愁最为出色，可以举例鲁迅和张承志，台湾我认为龙应台写得好。（沈从文在这个问题上表达得比鲁迅要差点儿，我读下来的感觉是沈从文有点自卑，而鲁迅是可以把反讽和乡愁同时表达清晰的作家，这类作家非常稀有。）这个问题我想了很久，为什么相对激进的作家在乡愁表达上更好，没有明确的答案，可能是因为革命或者激进本身就带有浪漫色彩，也可能是巧合。

当代文学在表述乡愁的问题上我认为呈现出两个倾向，第一是文学上的复杂化，我们从古诗的传统中走出来，到底去往哪里（据说小说已经是一个快要解体的艺术形式了），我们如何理解自身的乡愁和他者的乡愁，等等问题；第二是广义政治上的简化，故乡的同质化配合着全球一体化，那个丧失的故乡（或者故乡的独特性）的人，将面对所指和能指意义上的乡愁，对上述问题提出一个反向的思考：庸俗的，还是激进的？

我认为这是当下中国文学要处理的一个大问题，在崩溃的革命叙事和庸俗化的个人叙事之后，需要重新组合的一条写作路径，从九十年代以来有很多作家碰触这个题材，但是还不够，那不仅是一个写作技术问题，可能更是一个态度问题。

滕肖澜

女，1976 年 10 月生于上海。中国作家协会全委会委员。上海市作协理事、专业作家。上海市青年文联副会长。作品散见于《人民文学》《收获》《十月》《上海文学》等杂志，多次被《新华文摘》《小说月报》《小说选刊》等转载，并入选年度排行榜以及多种年本。著有小说集《十朵玫瑰》《这无法无天的爱》《大城小恋》《星空下跳舞的女人》《规则人生》，长篇小说《城里的月光》《海上明珠》《乘风》。中篇小说《美丽的日子》获第六届鲁迅文学奖。入选 2014 年中宣部"四个一批"文化名家。小说《童话》《蓝宝石戒指》曾被改编成同名电影。作品曾译作英文、波兰语出版。

文本与城市生活

■ 滕肖澜

　　我是知青子女。相比土生土长的上海人，"上海"之于我，更像是一块瑰宝。我曾在很多场合用了"瑰宝"这个词，因为实在想不到其他词汇来代替。虽说生在上海长在上海，但感觉上毕竟是不同的。那层若即若离的关系，使得这座城市对我来说，更多了一份美感，还有珍惜。我父母二十岁不到便支内去了江西，直至五十多岁回沪。"上海"像个被宠溺的孩子，被他们含在嘴里，抱在怀里，藏在心底。是真真正正的宝贝。几十年后失而复得的宝贝，弥足珍贵。我曾写过一个短篇，讲一个外地知青，身份是大学老师，课上得很棒，很受学生爱戴，在当地也过得不错，却削尖脑袋想调到上海郊区某所普通中学。因为他希望女儿能在上海考大学，更方便也更安全。所以即便职称、待遇大打折扣，也在所不惜。小说写得很心酸。有一点真实的经历在里面。我父亲当时就曾动过这个脑筋，上海的大学每年在江西只招寥寥几名学生，但如果回到上海高考的话，情况就要容易得多。几乎对每一个知青来说，最害怕的事就是，子女还要继续留在那片陌生的土地，一代代下去，最后也许就真的回不上上海了。成了外乡人了。豁边了。我父亲为此花了不少心思，但最后因为种种原因还是没成功——只有知青和他们的子女，才会知道做一个上海人是多么的不容易。我记得那时，写字台边的墙壁上，贴满了一张张小纸条，"我要考回上海""上海，等着我""我们全家人要在上海重聚"……我和妹妹面对面坐着，默默地写作业。放在电影里，这多少有些矫情的画面，却是真得不能再真的现实情境。

也因为这，当我书写上海时，我便格外的小心翼翼，诚惶诚恐，珍而重之，不敢有丝毫亵渎了她。我希望自己笔下的上海，是真实的，感性的，值得尊敬的。就像我父辈心里的那个"宝贝"，她已不仅仅是一座城市，而更是一个信念、一份希望、一种精神。想到她，整个人便暖了，有力量了。我希望我能写出这种感觉，为所有的上海人，包括土生土长的上海人，以及折腾半辈子好不容易才回来的上海人。

然而，必须承认，上海并不好写。记得小时候看人表演手指穿火，点燃一根蜡烛，手指在火焰中央绕来绕去，却完全不受伤，觉得实在神奇。长大后才知道，火焰上方的温度最高，而中间看似吓人，温度却有限。从这个角度看，如果上海是座不夜城，是个发光体，那么，生活在上海的人们，其实是在光芒中间的，是灯下黑。我们被光芒包裹着。角度造成盲点，容易失焦。一边浸淫在这块土地那种仿佛连一阵风飘过都有故事的浓郁氛围里，一边却为找不到下笔的具体切入点而苦恼。太丰富太艳丽，令人眼花缭乱。好像什么都能写，又好像什么都不合适。担心写偏了、写浅了、写漏了、写得雷同了、写得搔不到痒处。正如在许多人眼里，"上海"是有些孤傲的，即便灯火辉煌，仿佛那光芒也是有些清冷的。上海，之于写作者来说，往往也是隔着些什么。只不过，这隔阂不是因为离得太远，而恰恰是因为离得太近。做不到"距离产生美"，偏偏又是"灯下黑"。眼里的上海、想象的上海、笔下的上海。像酒醉后看出的世界，有叠影，灵魂出窍般。捉摸不透，难以界定。教人彷徨。上海该写什么，又该怎么写？这座不夜城该如何在我们这一代人的笔下呈现？

相比以乡村为背景的小说，城市小说从一开始便有它尴尬的地方。气质上看，城市这座水泥森林如何敌得过乡村的自然清癯？同样是苦痛，一个老农民失去土地，在群山环绕间放声一哭，那景象是何等的苍凉悲壮；倘若换成一个工人下岗，痛是痛的，却多少觉得格局不大——这是先天不足。后天上看，城市小说往往容易流于日常化，将生活简单地再现，缺乏进一步地思考与探索；或是为了吸睛好读，将生活中光怪陆离的部分不加提炼，便一股脑儿地端出来。就内容而言，以写底层与上层为多，要么是水深火热，要么便是纸醉金迷。两者都是重口味。重口味能吊鲜，却也是偷懒的一种。好的小说需要慢火烘焙，该有的材料放齐了，一样不少，拿把小扇子在旁边等，轻轻摇着，笃笃定定，等滋味一点点从里面渗出来，吊足人的胃口。城市小说的主角，永远都该是占城市百姓绝大多数的那一群，即金字塔中间的那一群。不很富有，却也不至穷困潦倒，日出而作日落而息，自给自足，有苦有乐，有失望甚至绝望，但也有希望。他们是最普通的那一群人，看着最最没有特色，却是最有代表性的城市人群。拿"上海"来说，既包括老上海，还有迁移过来的新上海人。

　　前不久看到一篇关于七零后作家的评论文章，列举了一些七零后作家，其中也提到我——"谙熟大上海小市民文化"。这话的意思，应该是说我以创作上海普通百姓生活为主。但让我稍有些纳闷的是，如果换作是写北京日常生活，应该不会有人说是小市民，写广州，也不会这么说。唯独上海人，便被冠以"小市民"。好像已经成了一个约定俗成的概念——"上海小市民"，张口便来——作天作地的上海女孩；不够硬气的上海男人；鸽子笼、石库门、穿着睡衣行走的男男女女；门槛精，尖酸会算计，小家小户……这几乎已经成了一种思维定势。就像春晚小品里那个深入人心的"上海小男人"形象，即便人们知道现实并非如此——上海不是这样，上海人也不是这样——却出于种种原因，更愿意相信或接受那个一鳞半爪、以偏概全的"上海"。这里面除了非上海人对上海人一些根深蒂固的偏见和误会，那些诸如俗气、小家子气等等此类的一些老生常谈之外，我想更值得考虑的是，当我们在书写上海生活、刻画上海百姓的时候，应该如何跳出那个别人或是自己预先所设的框，跳出那些似是而非的所谓的"上海特色"，去寻找更宽泛、更真实、更有意味的上海元素。上海是中国内地最兼具东西文化色彩的一座城市，她的多元性、兼容性，衍生出许许多多不同的点面，排列组合般无穷无尽、耐人寻味。上海是首诗，也是个谜。这绝非一个简简单单的"小"所能概括容纳的。上海人的待人处世，面上是各行各路、冷暖自知，骨子里却是与人为善与世无争的，一团和气，也是大气的，优雅的。上海人的自律、低调、努力、尽责，造就了这座城市独有的品质。但遗憾的是，这些品质在当下的文艺作品中却很少体现——被忽略了，或是被回避了。写一篇看似很"上海"的小说，其实不难。套公式似的，把一些"上海特色"填充进去，便可以很像那么回事。但这并不是真正的上海。如何掠过那些表象和皮毛，走入上海的内里，挖掘她更深层次的精神和气质，展现这座城市难以言说的魅力，是值得我们思考的。

王十月

作家，画家，艺评人，《中国新野性》主编。现为中国作家协会全国委员，广东省作协副主席。著有长中短篇小说、散文、艺术评论十二卷四百余万字。作品获鲁迅文学奖，《人民文学》奖，《中国作家》鄂尔多斯文学新人奖，《小说选刊》年度中篇小说奖，百花文学奖，老舍散文奖，冰心散文奖，在场主义散文奖，广东省第八届、第九届鲁迅文学艺术奖，广东省"五个一工程"奖等数十项重要奖项。举办了个人美术作品展及参加众多国内外艺术展。入选"未来大家TOP20"，获颁广东省五四青年奖章及广东省德艺双馨中青年作家艺术家称号。作品译介成俄、西班牙、意大利等语种，入选百余种选刊选本及《大学语文》。

我有离魂招不得：也说乡愁

■ 王十月

　　我二十岁之前的大多数时间生活在乡村，之后一直生活在城市。对于我这样从乡村到城市的写作者，我的写作虽则一直在书写城市，但我书写的多是城市里的乡下人，边缘人。我没写过城里出生长大的人，我不了解他们。他们也许是我的同事，我的朋友，但我并不真正了解他们的想法何以形成。对于不了解的人群，我无法书写。汪曾祺先生说他只写他熟悉的人和事，我大抵也是这样的写作者。

　　我的肉身在城市生活了三十年，灵魂却未能进入城市。我生活在广州，说的却不是广州人的语言，对于粤菜也并不完全习惯，对于这座城市的精神气质文化传承，也只是限于一种知识性的了解。南粤的气息，不是我骨子里血液里与生俱来的东西。因此，我一直不敢写这座城市，不敢让我的写作打上这城市的印记。但我也无法回归乡村，无法真正去书写乡村。我写过一系列有关乡村的短篇小说，但那乡村，并不是中国当下真实的乡村，只是我在乡愁浸染下，在思乡之情驱动下写下的关于乡村的梦。

我真正的乡村书写，只有一部中篇小说《寻根团》，和一部长篇小说《米岛》。

而这两部作品，无关乡愁。

我写的是乡忧。

古典诗词中那些美好的关于乡愁的书写，在今天来看是奢侈的，甚至于，乡愁将从我们的文学中渐渐消逝。手机、互联网、高铁，让时间和空间都变得不再遥远，乡愁成为了一种奢侈的东西。现在一定要谈乡愁，会多少显得有些矫情，有些为文造情。过去那种折柳相送、长亭更短亭的情感，也将不复存在。"昔我往矣，杨柳依依。今我来思，雨雪霏霏。"这样的诗句，将不再出现在我们的文学中。

我想，也许，只有到遥远的未来，当我们人类离开已不能再供我们生存的地球，而在宇宙中漂泊，或者在另外的星球上定居，那时再怀念我们的地球时，才会产生新的乡愁。那不得归去的浩大无边的孤独。

对于现在的我来说，故乡可以随时回去，虽远在千里之外，却不过是半天行程，不过像平时早上去上班，中午就可以到故乡。但这故乡，却再回不去。回去的那个人，不再是归人，是过客。就像我无法融入城市一样，近三十年的疏离，我也无法融回故乡。

我是那种灵魂悬浮在城乡之间的人。我想这一辈子都会这样了。

我现在没有了乡愁，但却有深深的乡忧。

中国农村，在经历前所未有的大变局。以我家乡湖北荆州乡下为例，污染，无论是精神的，还是环境的，是触目惊心的。先说精神的，在我童年和少年时，我们那里的人，是很勤劳的，我们信奉耕读传家，诗书化人。过年时，家门口会贴一这样的对子："遵祖宗二字格言曰勤曰俭 / 教子孙两条正路惟读惟耕"。现在，人们瞧不起读书人，瞧不起老实种地的人，赌博之风盛行，大家都想着一夜暴富，都想着怎样不劳而获。自从不再征收农业税，特别是进行农业补贴之后，懒汉越来越多。在外打工的人，回到家，老老实实打工没挣到钱的被人看不起，而在外坑蒙拐骗不走正道但有了钱的被人艳羡。就拿我们都知道的黑心医疗来说，我们大家都知道民营医院多是蒲田系的，却很少有人知道，在这些医院里非法行医的，多是我的故乡石首人。汪曾祺先生在《受戒》里写，这个地方出和尚。而我的家乡，出游医。许多人根本没有做过一天医生，只胡乱接受几天培训，就敢自称是主治医师，敢给人做鼻炎手术，他们轻松地称之为"割鼻子"。春节回家，听他们说起在外骗人做手术的经历，讲起怎么把人骗得倾家荡产，眉飞色舞，全然没有一丝疚愧。这样的事情很多。我回到家乡，感觉到了格格不入。还有生态环境，大大小小的化工厂，把我家乡的环境全毁了。有些地方建化工厂，老百姓也是起来反对的，但是没有用，工厂老板叫来一批打手，夜里堵了反对者的家以武力解决，老少都不放过。还有些反对的，也不是反对建厂，不过是为了争取多一些补贴。白色垃圾进到农村后，农民也没有环保意识，环境被毁了。我回到家，听人说起，某某某，死了，死于癌症。正值壮年的人死了，本是悲伤的事，我们家乡的人，如今却将这悲伤的事当成了喜事来办，请乐队吹打热闹，花掉家里仅有的一点钱，无非是亲戚邻居们来上礼金，于是，今天你办事请客要送礼，明天我就要想办法也做点事把礼金收回来，各种古怪的名目都想得出。

这样的故乡，是消灭乡愁的。

我甚至会庆幸，我成功逃离了乡村，我的孩子们，将来也不用回到这样的乡村。而一些资本，打着土地流转的幌子，回到乡村，开始对乡村进行最后的掠夺。而我们作为试点的所谓乡村直选，最后选出的村长，现在叫村委会主任，不是恶霸，就是富而不仁者，无非把这村长之位当成了可供渔利的肥肉。

我的故乡，在中国不是特例，而是一种普遍的现象。

乡愁是基于美好回忆而产生的，现实的乡村是在如此快速衰败，此时，在我们的文学中，再出现乡愁，多少会是虚伪的。我是不赞成在这样的背景下做行吟的诗人书写乡愁的，而应把这乡愁变成乡忧，用乡忧书写，唤起人们对中国乡村的关心，如鲁迅先生所言，揭出病苦，引起疗救者的注意。我们需要各种力量一起来关注乡村，要对生活在乡村的人进行启蒙，要让乡亲感受到这危机，并开始去改变。这是很难的，恶变的趋势产生了，要扭转过来非一朝一夕。

救救乡村。

储成剑

汉族，生于 1971 年 6 月，江苏海安人。现
就职于江苏省南通市文联。中国作家协会会
员、江苏省作家协会理事、南通市作家协会
主席。鲁迅文学院二十二届中青年作家高研
班学员。在《中国作家》《山花》等刊发表
小说、散文六十余万字，著有散文集《若即
若离》等。

由南通小说谈地域文化与文学乡愁

■ 储成剑

　　前不久，我们南通举办了一次小说研讨会，来自全国的众多专家学者就"南通小说与小说南通"主题进行了热烈的讨论。组织这样的讨论，其目的无疑是想探讨地域文化对南通当代小说的影响，分析南通当代小说的地域文化特征，以期进一步提升南通小说的品质和影响力。因为有过这个研讨会的基础，今天我以南通小说为例来讨论地域文化和文学乡愁的关系，进而探讨城市生活的文学表达，自然觉得方便很多。

　　南通是一个地级市，位于江苏东南部，长江三角洲北翼，东抵黄海，南望长江与上海、苏州隔江相望，西、北与泰州、盐城接壤。南通因涨沙冲积成洲，至今已有五千多年的历史。南通为中国首批对外开放的十四个沿海城市之一，也是国际自然医学会、世界长寿乡认证委员会授予的全球首个"世界长寿之都"。在中国近代文化科教史上，南通创办了第一所师范学校、第一座民间博物苑、第一所纺织学校、第一所刺绣学校、第一所戏剧学校、第一所中国人办的盲哑学校和第一所气象站等"七个第一"，因此南通在中国近代城市建设中也具有非同寻常的意义，有"中国近代第一城"之称。

南通拥有一大批执着于小说创作的作家，当然他们中有一些已经走出了南通，活跃于更阔大的文学空间，譬如黄蓓佳、鲁羊、夏坚勇等人。也有成汉飚、黄步千、罗望子、刘剑波等一大批作家依然坚守在这方土地上，不断丰富着南通的文学园地。南京大学丁帆教授对南通小说的总体实力给予了"居江苏老三老四位置"的定位。因此，以南通这个地域的小说创作作为标本，来探讨今天的议题应该具有一定的普遍意义。

一　地域文化对作家的熏染渗透在其文本中

著名评论家吴义勤先生评价南通小说地域特征比较明显，主要表现在反映生活的面比较广阔，风格比较多样，小说呈现了另外一种南通形象，且与现实中的南通交相辉映。通过小说，可以感知这是个非常人文化的地方，几乎没有极端，只有强烈的包容性和世俗性。也可以感知这是一个比较休闲的地方，南通人对世界的态度正如南通小说一样没有太多异化。还可以感知南通地区的历史更迭、地理人文的演变。滨江临海的南通，地理位置独特，在岁月变迁中渐渐形成了自成一体的江海文化，其最鲜明的特征即是"包容汇通"。南通作家熏染于这样的文化环境，在他们的作品里，关于海上生活、关于濠河、关于平原、关于移民背景等等，都得了充分的展现。尤其是老作家黄步千的小说，其充满生活气息的方言口语更是彰显了地域文化的魅力。我们知道，一个作家的创作，除了技巧、思想、艺术的不断磨砺进步，还和作家本身的经历、阅历、情感、知识、智慧等息息相关。古往今来，地域文化和文学有着不解之缘，譬如当代作家里莫言之于高密东北乡，苏童之于苏州城郊，汪曾祺、毕飞宇之于里下河水乡。他们文本里所流淌的，都是属于自己那片地域上的文化或者说记忆。

二 文学里的乡愁也是地域文化的生动呈现

南通小说的地域特征主要表现在三个方面：一是西北地区的里下河水乡，如夏坚勇的小说所呈现的里下河风情；二是濠河周边城区及通州一带，如作为"老南通"的黄步千，他的"濠河"系列小说，有着汪曾祺风格的叙事笔法，别有地方味道；三是东部沿海地区，如成汉飚的"海洋"系列小说，描摹渔民生活，显现出浓烈的地域色彩。这些以乡土叙事为主导的文学作品，有着"风情画""风俗画"的意味，彰显出地域文化的审美元素。尤其是乡村生活的描写，浓烈醇厚，广泛而有力地表现了南通这个地方的深刻变动，也构成了萦绕于南通这个地域的一种深沉的情感——乡愁。有人说，乡愁或许是一种宽泛的乡土，一些经典的文学作品如余光中先生的诗歌《乡愁》之所以能让世人广泛传诵，印证了乡愁这一永恒的情结是人们所共需的，而对故土的书写，也是中外文学传统中的永恒的主题。由此可以说明，就一个地域来说，文学乡愁当是该地域文化的最生动的呈现。

三　城市生活的复杂丰富和乡愁表达的匮乏

南通小说千姿百态，其中关于城市生活的书写也占据了一定的比例。然而，正如评论家何平教授所说，南通的小说还缺少一部与它作为"近代第一城"相匹配的"史诗性"的小说，属于城市"南通"的小说还寥寥无几。是的，纵观近年来的南通小说，即便有部分书写城市生活的，所叙述的也往往局限在民工、官场、职场等题材，而描摹市民日常生活和城市记忆的作品并不多见，承载城市精神的城市文学更是寥寥，这显然和日益加快的城市化进程不太合拍。可以说，文学作为社会的一面镜子，在表达城市人生存状态、生活困境、精神出路方面依然显得力不从心。与此相对应的是，可以承载"城市乡愁"的文学作品也就影迹模糊、无从触摸。

中国农耕文明的漫长历史，滋生了以乡土叙事为主体的文学乡愁。而随着工业化、网络化、城市化进程的滚滚向前，真正的乡村已在急剧萎缩，当下中国已经呈现出独特的社会面貌。相对于城市的壮大和城市生活的丰富多变，城市书写依然比较局限和狭隘。这似乎是对城市里单一价值观的嘲讽，也让地域文化或者说是乡愁表达面临"失根"的考验。因此，在今天探讨城市生活的文学生态，解读城市乡愁表达的困境，对于我们的文学创作具有深远的意义。当然，这些问题和困惑是文学的，也是社会的，有些困惑我们可以通过讨论豁然开朗，有的困惑则会久久缠绕于我们。但不管怎样，坚守和依赖地域文化，书写由此衍生的文学乡愁，总会成为一些作家的自觉行为。

东西

原名田代琳，1966 年出生于广西天峨县，被中国评论界称之为"新生代作家"，主要作品有：长篇小说《耳光响亮》《后悔录》《篡改的命》，中短篇小说集《没有语言的生活》《救命》《我们的父亲》《请勿谈论庄天海》《东西作品集》（六卷）等，部分作品被翻译为法文、韩文、德文、日文、希腊文、越南文和泰文出版，多部作品被改编为影视剧，中篇小说《没有语言的生活》获首届鲁迅文学奖，长篇小说《后悔录》获第四届华语文学传媒盛典"2005 年度小说家"奖。现为广西民族大学驻校作家。

虚构的故乡

■ 东　西

　　凡是有故乡的作家，往往都会被贴上故乡的标签，比如绍兴之于鲁迅，凤凰之于沈从文，美国密西西比州拉斐特县之于威廉·福克纳，哥伦比亚北部小镇阿拉卡塔卡之于加西亚·马尔克斯，山东高密大栏乡之于莫言。因为出产著名作家，这些故乡被美丽的词句包围，尽情地享受着世人的赞美。故乡因作家而自豪，作家因故乡而生动。每一个功成名就的作家，都不会否定故乡对自己的贡献。于是乎，故乡变得优点突出，其正面功能被无限放大，而缺点却被忽略。

　　但我认为，恰恰是故乡的缺点成就了作家。尽管沈从文后来写了那么多关于湘西的美文，可还没成为作家之前，他是那么渴望逃离湘西。在他年少时，湘西还是一块封闭之地，教育不发达，经常打仗，饿殍遍野。他以为当兵或许是一条出路，然而，当他看见杀人如麻，当他大病一场之后，终于明白：好坏总有一天得死去，多见见新天地，在危险中咽气，也比病死好些。1922 年，年仅二十岁的沈从文离开故乡到了北京。因为饥饿和贫穷，他写信向郁达夫倾诉。为此，郁达夫写了一封《给一位文学青年的公开状》。信中，郁达夫劝沈从文回到家乡去挖草根树根，"若说草根树根，也被你们的督军省长师长议员知事掘完，你无论走往何处再也找不出一块一截来的时候，那么你且咽着自家的口水，同唱戏似的把北京的豪富人家的蔬菜，有色有香的说给你的老母亲小妹妹听听，至少在未死前的一刻半刻中间，你们三个昏乱的脑子里，总可以大事铺张的享乐一回。……但是我听你说，你的故乡连年兵灾，房屋田产都已毁尽，老母弱妹也不知是生是死……"这虽是郁达夫的急愤之语，却或多或少地道出了沈从文故乡的实情。所以，即便在北京忍饥挨饿，沈从文也不愿回去。

那么，鲁迅呢，他跟故乡的关系又怎样？ 1922 年，鲁迅在《〈呐喊〉自序》中说："有谁从小康人家而坠入困顿的么，我以为在这途路中，大概可以看见世人的真面目。"十三岁那年，他那在京城做官的祖父因故入狱；十六岁时，他长期患病的父亲病逝，家境迅速败落。家境好的时候，他看到羡慕的眼光，听到亲切的话语。家境一旦败落，周围的态度立刻生变：话语是凉凉的，眼光是冷冷的，脸上带着鄙夷的神情。这一变化，使他感到在当时的中国，人与人之间缺少真诚的同情和爱心。带着对故乡的失望和对新知识的渴望，十八岁那年，鲁迅离开家乡到南京水师学堂学习。二十岁那年，母亲给他订了一门他并不满意的婚事；二十一岁时，他赴日本求学。1910年9月，二十九岁的他回到绍兴担任中学堂教员兼监学，其状态是囚发蓝衫，喝酒抽烟，意志消沉，荒落殆尽，其内心的痛苦压抑可想而知。果然，1912年2月，他三十一岁，应中华民国临时政府教育总长蔡元培之邀到教育部任职，第二次离开故乡。他对绍兴的感情极为复杂，有一种与家乡漠然隔绝的态度。证明就是他1919年底最后一次离开绍兴后，再也没有回去，直到1936年逝世，十七年不回故乡。

和鲁迅、沈从文比起来，当代作家莫言跟故乡的关系明显更为密切。早在1984年，当他阅读川端康成的《雪国》和福克纳的《喧哗与骚动》时，就明白"一个作家必须要有一块属于自己的地方"。因此，他以故乡为圆心，打造了"高密东北乡"这个文学王国。他赞扬过家乡的红高粱，描写过故乡的血性。每年他都会回乡写作，即便获得了诺贝尔文学奖之后，他也常常回去。他认为故乡能够给他提供源源不断的创作资源。但是，他也曾经说过"高密东北乡无疑是地球上最美丽最丑陋、最超脱最世俗、最圣洁最龌龊、最英雄好汉最王八蛋、最能喝酒最能爱的地方"。也就是说，他对故乡同样爱恨交加，特别是少年时期，恨多于爱。因为家里孩子多，他曾经被大人们忽略，自认为是最不讨人喜欢的孩子。三岁时，他掉进过粪坑差点淹死。饥饿时，他曾烧老鼠来吃，也曾偷吃过生产队地里的萝卜，甚至吃过煤块。小学五年级，他因为乱喊口号被学校劝退，成为生产队里年龄最小的社员。他想被推荐上大学，到处写信求助，却引来了贫农代表的嘲笑："你这样的能上得了大学，连圈里的猪也能上。"此路不通，他便报名参军。从十七岁开始，他年年报名年年体检，不是体检出问题，就是政审出问题。有一次，竟在集中报到的前一天，他忽然被人替换下来。直到二十一岁那年，他终于获得当兵的机会。当他坐上运兵的卡车，当一同入伍的伙伴们泪别故乡时，他连头也不回，"我有鸟飞出了笼子的感觉"，希望汽车开得越远越好。他曾经说过故乡耗干了祖先的血汗，也正在消耗着他的生命。"假如有一天我能离开这块土地，我绝不会再回来。"

所以故乡，并非今天我们坐在咖啡馆里想象的那么单纯。她温暖过作家，也伤害过作家。似乎，她伤害得越深，作家们的成绩就越突出。真应验了海明威的那句："作家最好的早期训练是什么？一个不愉快的童年。"以此类推，我也可以这么说：故乡对作家最大的帮助是什么？伤害他，用力地伤害他！就像哥伦比亚对加西亚·马尔克斯的伤害那样伤害。1947 年，二十岁的马尔克斯进入波哥大大学攻读法律，但仅仅读了一年，就因哥伦比亚内战而中途辍学。1955 年，他因揭露"政府美化海难"而被迫离开祖国，任《观察家报》驻欧洲记者。不久，这家报纸被哥伦比亚政府查封，他被困欧洲，欠下房租，以捡啤酒瓶换钱过日子。在写《百年孤独》的那一年时间里，他的夫人靠借债维持全家生活。《百年孤独》完稿之后，他们连把这份手稿寄往阿根廷的出版社的邮资都凑不够，结果只好先寄出半份。这就是作家们热爱的故乡，正如美国作家威廉·福克纳所说："我爱南方，也憎恨它。这里有些东西，我根本就不喜欢，但是我生在这里，这是我的家。因此我愿意继续维护它，即使是怀着憎恨。"

不可否认，故乡一直在塑造作家，但请注意，作家也反过来塑造故乡。如果没有加西亚·马尔克斯，我们怎么会留意阿拉卡塔卡小镇；如果没有鲁迅和沈从文，那绍兴和凤凰也没有这么风光。毫不夸张地说，是莫言带火了高密大栏乡。然而，我们必须清楚，作家在塑造故乡时进行了虚构。马尔克斯把阿拉卡塔卡变成了"马孔多"，福克纳把拉斐特县变成了"约克纳帕塔法县"，鲁迅把绍兴变成了"鲁镇"和"未庄"，沈从文把湖南省花垣县的茶峒镇变成了"边城"，莫言把高密大栏乡变成了"高密东北乡"。不知道是幸或是不幸？凡是出产作家的故乡，再也不是现实中的那个故乡，她被作家们添油加醋，撒上食盐和胡椒，成为一个民族乃至人类背景的缩影。故乡因此从真实的变成虚构的，从简单的变成复杂的，从封闭的变成开放的……读者们甚至更愿意接受那个虚构的故乡。常有读者按照小说中的描写寻找作家的故乡，但现实与虚构的落差往往惊破他们的眼镜片。虚构很丰满，现实很骨感。虚构变得越来越强势，而现实乐见其成，心甘情愿地配合。2008年茶峒镇已更名为"边城镇"，"鲁镇"和"未庄"也已经在绍兴变成了实体建筑群，据说哥伦比亚有关方面也正在努力把阿拉卡塔卡更名为"马孔多"。这样一来，作家们的故乡又由虚构变成了"真实"。

那个真实的故乡被商业裹挟。作家们的故乡越来越像美国电影《楚门的世界》里的背景，在主人公还没有推开天空上的那扇门之前，谁都不知道原来整个天空，包括楚门生活的环境以及人际关系全都是假的。为了利于表达，作家先虚构了一个故乡，然后读者和消费者对作家的虚构进行再虚构。一个有痛感有灵感有感动的"三感"故乡终于离我们远去。故乡的喧嚣代替了孤独，宠爱代替了伤害，虚假代替了真实……我们很难看到一个故乡能够孕育出两名以上的文学大师，原因是故乡被二度虚构了，飘飘然了，她的文学营养已被前一位作家掏空了。

周晓枫

女，1969年6月生于北京，做过二十年文学编辑，现为北京作家协会驻会专业作家。出版了个人散文集《上帝的隐语》《鸟群》《收藏》和《你的身体是个仙境》《雕花马鞍》《聋天使》《巨鲸歌唱》，以及笔记体小说《醉花打人爱谁谁》、非虚构作品《宿命：孤独张艺谋》。曾获鲁迅文学奖、冯牧文学奖、冰心文学奖、《十月》文学奖、《人民文学》奖等奖项。

地域与乡愁对文学的影响

■ 周晓枫

我原来对地域和乡愁的问题，保持相对悲观的态度。城市化进程，如同一场告别故乡的迁徙。据说 2013 年中国城市人口已超越农村人口……一个延续了几千年的所谓"乡土中国"的概念，正渐行渐远。"故乡"，这个含情脉脉的词汇，对许多人来说，内涵已被改变，甚至从地图上都被抹除了标记。

卡夫卡曾说："现在没有一样东西是名副其实的，比如现在，人的根早已从土地里拔了出去，人们却在谈论故乡。"母亲喂养我们年少的胃，故乡的山河喂养我们的往事——这是乡愁产生的基础。现在，我们难以找到整体意义的故乡，因为故乡不仅指贫瘠或富饶的土地，还包括家族、习惯、风俗和传统等等依靠一代代人来存储和延续的内容。现在，田地减少，城市扩张，全球化覆盖，移民迁徙，人们的记忆仿佛遭到冲刷甚至撕裂，出现代沟和断崖。某种秘密的遗传密码被篡改了，无论是乡村还是城市，今天难以记得自己昨天的脸，也无法预测明天的面貌。

包括北京，建筑风格到风俗人情，都在改变。我听一位旅美老作家聊天，老人家生于三十年代的北平，尽管在国外多年，还是北京口音。他回忆当年，北平的普通百姓，哪怕引车贩浆之流都颇识礼数，几乎听不到脏话——那极为不体面，人们耻于为之。他认为，这是因为北平数百年的帝都史，士大夫阶层的礼仪已经沉降到社会底层。内圣外王，修己安人，温良恭俭让等被普遍认同。而今在北京站一会儿，会发现脏字在频繁的日常用语之中，就像标点符号那么自然。

地域文化也好，乡愁情感也好，都需要相对封闭的空间和相对延续的时间才能累积。比如日本人喜欢樱花，当然因为民族性格、审美和精神上的认同，比如樱盛开时极度热烈，凋谢时决不拖沓，这里面的决绝里体现尊严；比如单朵的樱花未见出色，但聚在一起有盛美之景，有如日本人堪称世界之最的纪律性等等。除此之外，我觉得日本人之所以喜欢樱花，因为太多的记忆与樱花联系在一起。被父母牵抱着赏樱、初吻、全家人的合影，并非花事本身，是那些樱树下的笑或泪水令人铭记。日本赏樱，是一个佐证的例子——之所以形成地域文化或乡愁情感，所需的传承，既有"传"——上一代人遗产式的馈赠，又有"承"——这一代人对财富的保护，包括止损乃至是增值。

乡愁之所以美好，在于故乡给予过什么，乡愁里储存过什么。今天，随着瓶装饮用水的普及，连水土不服的概念都快消失了，如果乡愁已经成为蚀空的旧物、博物馆里的标本，那么我们讨论的价值何在？回到文学的主题。现实和情感里失去乡愁，文字里何来？

我读书缺乏体系，盲区甚多，尤其中国传统文化这块，基本空白。我的兴趣集中在翻译文学领域，那就是我在文化意义上的源头和故乡——吃国产奶酪长大的孩子，消化道始终被异域食物填充而获得了适应性的营养。这意味着，在先天性的背叛里，我终将无法忠诚。我不仅不懂笔墨纸砚，甚至连书法上的判断力都没有，所以从我的电脑中散发不出中国味。部分写作者与我处境相似，热衷诺贝尔、普利策、布克等奖项书籍的同步追踪，在阅读视野上是全球化的，但对中国文化的了解，却无知得令人尴尬。

近年来，正是由于自身的文化缺陷，我越加体会到地域与故乡对写作的重要意义。越是在趋同的环境和风格，找到那点不同就变得越发重要，尽管那一点点不同看似微弱，但人与猩猩的基因之别，也只有百分之零点几。那秘密而迥异的生物学配方，可能来自个人与众不同的隐秘经历，也可能来自对乡愁的细腻体会。

比如我们读帕慕克的小说。帕慕克移居西方，作品具有古老东方的历史，保持着民族特有的文化身份——既融合他对东西方不同文明与文化之间的理解，又不丧失个人标记。乡愁不简单体现于表面的地域差别，而是被作家蓄意保留的心理时差。其实不排斥他者的地域文化，才能更好地珍惜自身的乡愁——之所以不排斥，是因为也珍惜他人的乡愁，从而才不在文学上成为简单的民族主义者和地方保护主义者，才不狭隘，才不丧失地理意义和心理意义的宽广。

博尔赫斯曾经写到两个做梦者的故事。一个开罗人家产荡尽，只剩父亲遗留下的房子，他梦见有人告诉他，他的财富在波斯的伊斯法罕。他醒来以后就出发了，长途跋涉，历经危险，却被巡逻队长鞭打。当巡逻队长得知寻梦者的目的，不禁大笑，说自己连接三次梦见开罗的一座房子，喷泉下埋着财宝，但自己却从不理会这些荒诞的梦兆。开罗人返回，他知道队长梦中所述正是自己的家，于是在喷泉下挖出了财富。

没有什么比这更能象征地域与乡愁对文学的影响。虽然藏宝之地就在自己的家园，但旅程是如此必要，唯此我们才能认识乡愁的价值，才能候鸟般获得返程中的重生。

徐坤

女，1965年3月出生。北京作家协会副主席，中国社会科学院文学博士，中国作家协会全委会委员，《人民文学》杂志副主编，出版作品五百多万字，获得国家及省部级奖项及各大期刊奖三十余项（次）。代表作有《厨房》《狗日的足球》《午夜广场最后的探戈》《春天的二十二个夜晚》等。话剧《性情男女》由北京人民艺术剧院2006年上演。短篇小说《厨房》获第二届鲁迅文学奖，长篇小说《八月狂想曲》获"五个一工程"优秀图书奖、第四届老舍文学奖。长篇小说《野草根》被香港《亚洲周刊》评为"2007年中文十大好书"。作品被翻译成英、德、法、俄、日语等出版。

昨日乡愁何处去

■ 徐　坤

　　中国作为有着久远农耕文明历史的国家，对于植根脚下的大地有着宗教一般的情怀。在乡土中国的背景下，"乡土文学"不仅是一个文学概念，更是有着超乎于文学之上的哲学况味。离开了乡土，我们的肉身无处放置，背离了乡土家园，我们的灵魂无所皈依。进入现代社会以来，乡土文学一直是中国文学书写的重要母题和灵魂之所系。

　　怀不尽的故土，说不尽的乡愁。从古代到今天，乡土文学尽显在对乡愁的描述之中。古典的乡愁，是"日暮乡关何处是？烟波江上使人愁"（崔颢）的清愁，是"举头望明月，低头思故乡"（李白）的离愁，是"少小离家老大回，乡音无改鬓毛衰。儿童相见不相识，笑问客从何处来"（贺知章）的人性美好单纯之思。进入现代社会以后，以鲁迅沈从文为代表的现代怀乡之思，则比古人多了一层况味，在对故乡故土的浪漫回忆与抒情想象里，有着深沉的精神失落感和对现实生活的批判意味。

新中国成立之后，乡土中国的叙事逐渐演变成了五十年代柳青《创业史》、梁斌《红旗谱》以及六七十年代浩然的《金光大道》《艳阳天》的农村题材写作。海峡对岸余光中的《乡愁》诗，则开启了乡愁的一个新的层面，由古典乡愁演化出了深切的祖国之恋和民族之爱。进入九十年代，一大批从乡土走出来一举成名的一线作家陈忠实、张炜、贾平凹、刘震云、阎连科、莫言等，开始了一波喷薄如泉涌的乡土叙事热潮。他们学习西方现代主义文学传统，承接马尔克斯、福克纳《百年孤独》《喧哗与骚动》的叙事风格，贡献出了《白鹿原》《古船》《土门》《故乡面和花朵》《日光流年》《丰乳肥臀》等等力作，既有对乡土中国传统宗族宗法秩序的批判，也有对战争与人性的描绘，充满对历史的反思和人性书写的厚重。从二十世纪九十年代到二十一世纪初，乡土文学以其巨大的家国叙事的覆盖性，统领着大陆文学书写思潮。

新世纪到来之后，出生于七十年代的新一代作家王十月、郑小琼等，因描写从乡村迁徙到城市的年轻打工者的生活，而被命名为"打工文学"。王十月的小说《国家订单》，写了新一代背井离乡生活在底层年轻人的际遇，郑小琼的打工诗歌，书写了那些离乡打工年轻女性，在城市资本主义车间流水线压榨下，精神与人性躁郁的幽秘角落。这些形象，跟八九十年代的陈奂生进城、跟《废都》里的庄之蝶都有不同，在农耕文明与现代性的直接碰撞中，更多地展现了普遍受过初等教育的农村新生代巨大的自我更生之力和奋起向上的不屈力量。"打工文学"成为新世纪"乡土文学"向"城市文学"延伸的重要纪念碑。

作为对传统乡土叙事的延续，二十一世纪的乡土文学也呈极端分化之势。比较有典型意义的，是发表在《人民文学》杂志上的两部长篇小说：出生于六十年代的作家关仁山的五十万字的《日头》，作家试图返回九十年代的经典叙事，以各个历史时间段不断敲击村口老槐树上大钟的寓意化写作方式，写了百多年来乡土中国的变迁，从面朝黄土背朝天的农耕时代，到当今的征地、拆迁、土地流转，从过去年代乡村宗族宗亲的斗勇斗法，到征地建厂官商勾结贪污腐败……总体上说，这是一部向前辈乡土中国经典小说致敬的作品。

另外一部是老作家贾平凹的长篇小说《极花》，根据十年前的一桩乡村拐卖妇女案写成。整个故事情节虽然并不比人们在新闻报道或者网上流传的段子中见到的多，但是比较有意思的是，对乡村生活怀有深厚感情的作家本人，将巨大的同情仍旧放在贫困乡村中娶不上媳妇的人身上，也就是花钱买媳妇的贫困户身上。而妇女，作为这一切的受害者和牺牲者，并不是作家的同情心所要关照的对象。作为一个有文化的被拐卖而后又被强奸生子的女性，她渐渐地对施害者及乡村产生了同情，并说服自己，从听天由命过渡到乐天知命。作品不是依照现代法律法规的逻辑，把拐卖妇女的人绳之以法实施惩戒以平民愤，而是着重表现乡村的不幸，在蒙昧和落后里却有着初民的人情味。而妇女则被表现为从最初的反抗过渡到最后的顺从。

这一切发生在二十一世纪的乡土文学之中，看上去是极其耐人寻味的。坚硬强大的乡土和乡愁背后，究竟负载着什么？用批评家陈晓明的话说，这一切，"只是表明了文学的现代性发展至今所发生的深刻变异"。九十年代乡土叙事的强大的家国叙事模式，如今又返还成更加个人化的"乡愁"式的乡土记忆和情怀。

朱辉

1963 年生于江苏兴化。中国作家协会会员，江苏省作家协会理事。一级作家，教授。1985 年毕业于河海大学，留校工作。现为江苏省作协专业作家。为江苏省有突出贡献的中青年专家。大学期间开始发表作品，主要作品有长篇小说《牛角梳》《我的表情》《天知道》《白驹》小说集《红口白牙》《我离你一箭之遥》等。有多部作品被《新华文摘》《小说选刊》《小说月报》《长篇小说选刊》《读者》等刊物转载，多部作品被选入年度选本及其他选本。长篇小说《我的表情》《白驹》被收入"阅读中国——建国以来优秀长篇小说五百部（数字）文库"。曾获第一、二、三、四届紫金山文学奖等文学奖项。

文学里的乡愁应该有开放的胸襟

■ 朱　辉

乡愁普遍，却也复杂。

在现在的都市人群尤其是文化人当中，乡愁是一种普遍的情绪。急剧的社会变迁和人口迁移，制造了巨量的少小离家或成年后离开故乡的人。从另一方面来说，有史以来最大规模的城市化进程，也导致了普遍的乡村变化或消失。在这种背景之下，乡愁开始酝酿，并越发浓烈。有文化能表达的人，掌握了话语权，他们用各自的表达方式，慨叹光阴流逝，抒发乡愁。在某种程度上，抒发乡愁已成为文化人的一个认证标记。各类艺术形式也各施所长，对乡愁的书写几乎呈现了接续唐宋、发扬光大的势头。

但乡愁其实很复杂。思念亲人，留恋故乡，都是题中自有之义。故乡是我们祖辈的终老之地、父母之邦，亲情和友情从来都是我们的精神根基，而故乡熟稔的生活方式乃至文化和风俗，其所带给我们的安逸和祥和，当然也足以让我们留恋——这大概是乡愁的自然属性，可谓生物性的乡愁。

另有一种乡愁则更复杂也更深刻。在一些乡愁者心中，"一去二三里，烟村四五家。亭台六七座，八九十枝花"。这样的乡村故土，长幼有序，世风淳朴，是他们的精神桃花源，也是他们在城市化进程中难以忘怀的心结。至于这样的桃花源是否与事实相符，甚至是否真实存在过，类似疑问都在文化正确的先入之见下，被忽略被悬置了。

众所周知，作为农业国的中国，乡村作为一种主要生产生活形态，曾在历史上延续存在了漫长时期；几百年一次的动荡和革命，间歇性地摧毁过这些乡村，但这样的乡村生命力顽强，也是不争的事实。当下的现代化改造和城市化进程，正以可能是前所未有的力度和规模，改变着几千年一以贯之的乡村形态。这样的变化有点摧枯拉朽，难免伤筋动骨，于是，稳定和安详被怀念了。人们不仅开始怀念乡村故土的山川河流，风土人情，也开始怀念乡村曾经的士绅治理结构等文化和政治的因素。在急剧变动期的当下，有人发出礼崩乐坏之叹，我们可以体谅为源于对安定生活的向往，但假如选择性地忽略传统乡村的闭塞、落后和种种不合理，我觉得也有提醒的必要。

传统的乡村远没有那么美好。我曾在乡镇度过童年和少年时光。那时的乡镇还保留着相当浓厚的传统余绪，"大相公""二相公"还被人用来称呼人家的大儿子二儿子。但是，回头想来，现在已被公认的一些文明观念，在那里却丝毫不见踪影，譬如，环保，我们小镇一条小河穿镇而过，那是交通动脉，是吃水的水源，其实就是小镇存在的基础，但是，我记忆里，家家的垃圾，不管是生活垃圾或生产垃圾，全部直接倾倒在小河里。小河日益变浅而且瓦砾遍底，我就多次戏水时被扎伤。还有个不成文的共识，那就是谁家填起的地方，天生就属于谁家的，可以起房子。其结果是小河日渐狭窄，最后只能填平了事。这并不能仅仅归结为环保意识不够，其实还牵涉到土地制度和乡镇治理结构的颠顶无力。

当然我们也可以举出相反的例证。譬如古代许多地方封山育林、封湖育鱼的乡规民约。但是，现代的法治譬如环保法等，难道不更好？这是世界潮流，也是国家进步的不二法门。说到底，是面对大变化，身处变革时代的惶恐和无力感导致了对传统乡村的记忆美化，呈现出来的有时就是"文化的乡愁"。

这里并没有贬低或嘲讽乡愁的意思。只是对乡愁，恐怕也要反躬自问。抱残守缺、因循守旧恐怕是一种可疑的乡愁。传统乡村当然葆有很多美好合理的因素，譬如沿水而居或依山而建的民居，含有天人合一的原理，乡绅治理也有其合理因素，这些不言而喻，但是，身处繁华都市、享受着现代文明成果的人，似乎也不能忽视乡村里那些期盼着科学和文明的眼神。是的，那些在都市里漂泊劳作的人，他们没有高深的文化，甚至不识多少字，可他们也有乡愁，他们的乡愁里除了对亲人的想念，更多的可能是，希望家人能到城里来，一家团圆；或者老家的村庄也能发展起来，生活舒适，能有工作机会。

有个有趣的问题是问城里人的：乡愁的人，你为什么不回去？我们的体验，和我们看到的是：回去了，住不长，因为条件差，住不惯。于是只能在城市里继续乡愁。可不可以这样说：让别人住在乡村，保有乡村，我们在城市里乡愁，有一点不那么厚道？

还有一个问题也很有意思。这些年来，各地出现了许多新建筑，其中有一些被称之为"假古迹"，受到了普遍的挞伐。显而易见，把仿古建筑名之为"新古迹"，本身就是一个精致的嘲讽，一种批评策略。这样的挞伐自有道理，但是也不可偏激。我所知道的是，北京的故宫始建于明代，其后多次焚毁，多次重建，现在我们看到的是清康熙三十四年（1695年）重建后的形制。假如永乐帝不建，此后烧毁了也不重建，故宫还是今天这个辉煌完整的皇家宫殿吗？其实，所有的古迹原本都是新建的。倘若我们的古人面对废墟，只会发思古之幽情，现今遍布华夏的古迹从何而来？我们的文化又向何处附丽？

这似乎有点扯远了。还是回到文学。文学里的乡愁，我认为应该是开放的，应该抱有吐故纳新的胸襟和批判的锋芒。在这个问题上，鲁迅是深刻而伟大的。我们既要看到《红楼梦》里的哀叹和挽歌，也应看到作者对落花流水春去也的确认。

谢谢！

祝 勇

作家、学者、纪录片工作者，艺术学博士。现供职于
北京故宫博物院，曾在美国加州大学伯克利分校从事
历史研究，北京作家协会理事、第十届全国青联委
员。已出版作品四十余种，主要作品有：长篇历史小
说《旧宫殿》《血朝廷》，散文集《故宫的风花雪月》
《故宫的隐秘角落》。《祝勇作品系列》已由东方出版
社出版十一卷。作品被收入《中国新文学大系》等多
种选本。获郭沫若散文奖、《十月》文学奖、朱自清
散文奖等文学奖项。担任中央电视台、北京电视台多
部大型历史纪录片总撰稿，代表作有《辛亥》《历史
的拐点》等。先后荣获第 21 届中国电视星光奖，第
25 届、第 26 届大众电视金鹰奖优秀纪录片奖，中国
十佳纪录片奖，中国纪录片学院奖，香港无线电视台
庆（TVB）典礼最具欣赏价值大奖，与《舌尖上的中
国》并列获得第 18 届中国纪录片年度特别作品奖。
目前任中央电视台大型纪录片《天山脚下》总导演。

故乡与故宫

■ 祝 勇

一

我常说我是一个没有故乡的人。我出生在沈阳，那是东北土地上的一座大城，是由中国腹地通向东北，或者由中国东北通向华夏腹地的必经之地，有多少蛛网似的道路在这里汇聚，因此也铸就了它历史的沧桑和现实的繁华。但无论书本上沈阳多么重要，我似乎从来不曾喜欢过这个城市。沈阳，我生于斯，长于斯，却从来不曾把它当作自己的故乡，最多是我生命中的一个驿站，我的生命，只有一部分属于它，随着年龄的增长，那部分越来越小，以至于离开沈阳的许多年中，我几乎想不起它。

我羡慕那些有故乡的人，无论来自湖南云南海南，还是江西山西广西。那里的文化，渗透在他们的身体里，然后通过日常生活的每一个细节悄然流露出来，甚至他们的方言，都是文化的一部分。但这些，沈阳好像都没有。在我的印象里，沈阳没有任何值得炫耀的文化符号，也不曾在我的身体里楔下深刻的文化印记。

我把我对沈阳这座北方大城的漠然，归结为它在文化上的弱势——它远在关外，在这个巨大的国度里从来不曾成为文明的中心，最多也只是区域性的中心，它的文化，在这个国家里从来不曾占过主流，甚至经常连亚文化的地位都没混上。几乎每个时代，它都跟在别人的屁股后面亦步亦趋。清朝皇帝，入了关就拼命学习汉文化，草原王朝在文化上的弱者地位，从一开始注定了这是一个纠结的王朝——既强势又弱势，既自信又自卑；进入现代，沈阳的工业笑傲江湖，这决定了国共的决战必然在这里展开，但时代的转型，又把它送入难解的困局；从港台热到韩流，各种流行趋势一轮又一轮地掠过这座城市的上空，但总是抹不去它内在的土气，尽管它的楼越盖越高，马路越铺越宽，少女的打扮越来越时尚。它似乎从来不曾引领过潮流，最多引领过小品的潮流，但小品的气质也是土的——往好听里说，叫充满乡土气息。

我在这座城市里长到十八岁，决计离开这里，像余华写的那样，十八岁出门远行。

二

我在北京求学、工作和定居，后来又穿越了大半个国土，被那些文化底蕴深厚的区域深深吸引。我爱一个人，有时已经分不清是爱这个人，还是爱凝结在她身上的文化。但我依然没有故乡，因为我身上几乎找不到来自东北、来自沈阳的文化印迹（那印迹应该是什么呢），我的沈阳时光，那么平淡就过去了，水过无痕。

我写江南，写西藏，写那些异质文化在我心中造成的冲击与欣喜，却很少写过沈阳，唯一一部关于故乡的书，是《辽宁大历史》，但那是在辽宁出版集团俞晓群、柳青松几位朋友的威逼下完成的。我的作品越来越多，但我的写作始终有种无依感，就像一只鸟，在天上飞了很久，却找不到一棵树可以落下来。

大雪停时，我发现自己正站在紫禁城里，四周是宫殿飞檐围出的起伏的天际线，头顶是一方碧蓝的天空。那里是我们华夏五千年文明的汇聚地，当年的大清王朝，也是在这里落了脚。我走了大半个中国之后，在这座城，找到了自己的根。那是文化上的根，紫禁城的一切，让我既熟悉又陌生，既刺激又安静。我终于有了自己的约克纳帕塔法①，有了自己的高密东北乡。我写《旧宫殿》，写《血朝廷》，写《故宫的风花雪月》，写《故宫的隐秘角落》，我自己也无法解释，我的寻根之旅，怎么就寻到了故宫——一个本属于帝王将相的生存空间？它就像一个宽厚安稳的容器，不加挑剔地接纳了我，而我，竟然也感觉与它精准地合一。我隐隐地感觉到，

---

① 美国作家福克纳大部分作品的故事发生地。

在这浩大宫城的石板下面，有着一组巨大的根须，贯通着我身体里的筋脉血肉，让我的情感永远波澜起伏。于是，帝王将相、嫔妃宫女，纷纷汇聚在我的笔底，演绎他们的悲欢，永不停歇。在走遍中国之后，我发现我的故乡就在故宫，远在天边，近在眼前。

我终于明白，所谓的故乡，未必只是一个地方，它可能是一种文化，一种让你折服、让你激动、让你朝思暮想的文化。

而我，从来没对沈阳朝思暮想。

三

而沈阳，几乎退成我生命中的一个远景，联系日益淡薄。

其中也经常回来，由于我的父母都不住在沈阳，在沈阳也没有任何亲戚，除了去辽宁出版集团办事，就是与同学小聚，每次都行色匆匆，我已变成一个标准的过客。

我也不会想到，我对这座城市的感觉会发生变化，连自己都猝不及防。那时，我已经离开沈阳三十年。我每次回来住的华人国际酒店，就是我读书时常常经过的农垦大厦。傍晚时分，从大厦出来，天刚好落雪，是冬天的第一场雪，天气很冷，是沈阳独有的冷，冷得通透，冷得过瘾。

那一刻，我突然有些恍惚。

雪幕抹掉了城市的喧嚣，让我恍然置身少年时的街景。我穿好大衣，到街上走走，我觉得自己一拐弯，就会撞见少年时的自己。那时的沈阳，单调而沉静，清贫而朴素，苏童写《白雪猪头》，我在自己的记忆里见证过，因为那些平静而温暖的市井纠葛，只有那个年代才有。

暮色降下来时，我想循着街道，走回我从前的家。

窗子里，有我的父亲母亲。

他们在厨房里忙碌，准备晚饭。那时的他们，比我今天还年轻吧。

三十年过去了，如今，父亲已逝，母亲已不能走路。

那一刻，我的眼泪突然潮湿。我突然意识到，我与这座城市的联系并没有被阻断，它只是在某一个阶段被掩盖了。这座城市原来就潜伏在我心底，从来不曾离开。

那是我生命的一部分，我的肌肉发肤。

四

今天的会议，我们谈文学与乡愁，我想说，不管你承认不承认，每个人的心底都有乡愁。所谓乡愁，就是隐伏在内心深处，不知不觉，却可以在某个生命节点被突然触痛的情感，是一到某个特定时候就会涌现出来的旧时光，是我们生命的底色。我们可以疏远，可以忘记，却没有人能够抗拒——三十岁时可以抗拒，到六十岁，你等着瞧。

或许有人会说，乡愁农业文明的产物，现在连"乡"都没有了，还"愁"啥呢？故乡的意义，是被过去时代的地域差异凸显的，所以过去的诗人，才会"举头望明月，低头思故乡"，如今已是全球化时代，地域的差距早已被抹平了，城市的面貌像一个模子刻出来的，信息、物产甚至风俗，都可以分分钟共享，他乡与故乡，差不多已经等值。

但故乡仍然是在的，因为它不仅体现为空间，也体现为时间。

它是注定回不去、但我们在内心里一次次重返的岁月。

它就贮存在我们的身体里，存得越久，利息越高。

我终于明白，我对故乡的那份情感，为什么会因一场普普通通的雪而被激发——故乡，就是永不消逝的电波，在这场雪中被突然接通。

我也明白了，自己为什么会将故宫当作自己的文学的故乡，那也是一种乡愁，一种更大的乡愁，那故乡，在我出生以前，就已经埋藏在我（们）的血脉、基因里，所以才在文字里，爆发出强大的能量。

我写故宫，写宫殿的夜晚曾经燃起过、而今已经消失的灯火，写灯火阑珊处的表情与动作，所有消失的人与事其实都没有消失，它们不仅在我们的记忆里存在着，而且，它就像我的故乡，悄然无声地滋养着我们，从过去，走到今天。

2016 年 8 月 12—14 日写于北京—合肥—北京

8 月 16 日改于北京

布咏涛

女，曾用笔名江涛。作家，诗人。出版个人诗集《等待无人经过》《独白与对白》《沉默的飞翔》《七日之城》等。参与编辑民间诗歌刊物《诗歌与人》出版的多本诗歌合集《中国女性诗歌大扫描》《中国当代女诗人访谈录》《最受读者欢迎的十位女诗人》《俄罗斯当代女诗人诗选》《中国当代少数民族女诗人诗选》《中国诗人的童年》。另发表小说、评论、随笔等，散见于香港各文学刊物及报章。

文学的土地

■（香港）布咏涛（江涛）

一 地域与乡愁

各位好！今天讲稿的主题是"文学的土地"，而我会从大会拟定的后一个议题开讲："地域与乡愁"。

"地域与乡愁"其实是一个哲学话题，即"我是谁？"与"我从哪里来？"。就我的个体经验而言，这个人类共同的大问题，自我多年前开始文学写作，至今仍深深困扰着我。"我是谁？"我本名姓布，是中国罕见的一个姓氏，每次与陌生人相识，他们总会问："你的姓氏很少见啊，你是少数民族吗？"

老实说，至今我也无法知道"我是谁"。据族谱记载，我的祖先自元朝末年从北方来到珠江流域一带；又据家族老人的传说和一些社会上的辅助数据粗略查证，我的祖先是八百多年前的蒙古人。可"我是谁"？从我小学填写民族开始，我就习惯写上"民族：汉"；但，就地域和身份而言，"我是谁"？

懂事后，正因为这个问题常常困扰着我，我感觉自己有时会有些莫名的忧郁，那时我是否就已意识到，自己有一个"回不去的故乡"？那是否就是"乡愁"？

而最近，有时会拿起那本复印成 A4 纸单面，共有七十页的，里面没有一个标点符号的，全文言文的《布氏族谱》，细细阅读，我在想，那里是否有我未知的陌生的信息？我未知的，再加上我出生后已知的，听说来的，那就是我的"乡愁""我从哪里来"的全部内容？而我已开始在追寻我的身份认同"我是谁"？

然而我知道，人们追寻"身份认同"，并不是所谓的"归边""站队"，美其名曰"找到安身立命之所"。而更重要的，是透过这过程中的写作，记录下渺小的人类，在历史的长河中，在大自然的威力面前，斗转星移、时空轮换更替之间，那些永恒的、世代相传的人性与智慧。这也许就是"文明"与"文化"传承了。所以，与其说追寻"安身立命之所"，不如说"安心立命之所"——心安之处即是家。

那么，以此为例，"香港人"呢？一百多年前，一百多年后，一九九七前，一九九七后，朝代更迭，人民南来北往，从中国大陆南边边陲的小小鱼港到"东方明珠"到现在的"中华人民共和国香港特区"，作为目前生活在香港的写作者，笔下的文字，"心安"之处在何方？而于我自己而言，我常年生活的国度，也将会从香港延伸到南半球的澳洲。而我有众多的亲人生活在中国内地，日后，常年来往于中国内地、香港、澳洲之间，那么，我的身份又是谁？

在座各位香港作家，是否有这样一个共同的感觉："我是谁"，这个身份认同问题，在香港近年来尤其让人"闹心"——所谓"闹心"就是还没有心安的意思吗？

二　文本与城市生活

接下来，继续探讨的话题是"文本与城市生活"。在我看来，这就是一个文学创作中的"写什么"与"如何写"的问题。

无可否认，历经百年的发展，香港确是一个国际大都会——尽管从近年的种种调查资料来看，貌似她的各项世界排名都在"退步"。

"退步"这个词貌似一个贬义词，但从理性的角度看，"退步"并非意味着"情况转差"，而只是显示"事情变复杂"。而"复杂"是一个中性词，不是有说么？"乱世出英雄"，而"英雄"能拯救很多东西。当然"英雄"泛指更好、更强力的"善"，指事情，也指人。

在我看来，"城市"与"城市写作"有相同的结构，地理结构，文化结构；正如"农村"与"农村写作"也有着相同结构；"历史"与"历史写作"亦然。我们的用词，我们对于人、事、物的理解与认识，这些，都是写作中的"硬件"

和"软件"。

拿《易经》来做个比喻吧。你占出这样的卦，就有相应的卦象对应，就有这一卦的总的意义的阐述，以及其中每一卦爻变动的合理性阐述，天、地、人三才自有其运动之道。有时，都不以人的意志为转移。而作为人，作为一个写作者，我们的天命就是用文学的语言，"记录自己的思考"——是指"分析"与"考证"——因为，正是我们"生活在这城里"。

所以，我们在哪里、我们怎样选择自己的生活，我们就有怎样的写作文本。我们的心指向选择，所以，你有怎样的心，就有怎样的文本质量。而"花开花落自有时"。

的确，这些年来，香港发生了这么多的大事小事，一直生活在香港的我，常常感觉自己似乎生活在一个乱世之中。而身在"乱世"，意图通过写作谋求"心安"，这是何等曲折又结果不确定的事情，感觉就跟"与虎谋皮"差不多了。但想想"不入虎穴，焉得虎子"这句老话，仿佛也能得些过程中的"心安"呢。

综上所述，在写作中，"文本"与"城市"同构，而我们的"城市生活"就是"与虎谋其斑斓之章"的过程了。

蔡益怀

笔名南山，暨南大学文学博士，香港作家联会副会长，《香港作家》总编辑；中国作家协会会员、全国委员会委员，中国笔会中心会员。著作有：小说集《前尘风月》《情网》《随风而逝》《裸舞》《东行电车》，文学论文集《港人叙事》《想象香港的方法》《拂去心镜的尘埃》《本土内外》，文艺学专著《小说，开门》等。短篇小说《香港的最后一夜》曾获香港青年文学奖（1989年），中篇小说《塘西风情》曾获《四川文学》优秀文学作品奖（1994年），散文《师道》获首届全球丰子恺散文奖优秀奖（2015年）。

"倾城之恋"
——香港文学的在地书写谱系

■（香港）蔡益怀

人们常说，香港是一本难读的书，香港的故事很难说。确实，香港是一个不容易说得清楚的城市，她的文学也一样，不是那么容易说得清、道得明，因为她的文化十分地多元，光谱十分地宽阔，我们很难对她作出一个简单而草率的概括。

在小思看来，香港是"一个身世十分朦胧的城市"，而身世朦胧又"大概来自一股历史悲情"，她在《香港故事》中这样过说：

> 香港，没有时间回头关注过去的身世，她只有努力朝向前方，紧紧追随着世界大流适应急剧的新陈代谢，这是她的生命节奏。好些老香港，离开这都市一段短时期，再回来，往往会站在原来熟悉的街头无所适从，有时还得像个异乡人一般向人问

156

路，因为还算不上旧的楼房已被拆掉，什么后现代主义的建筑及高架天桥全现在眼前，一切景物变得如此陌生新鲜。

身为一个土生土长的香港人，我常常想总结一下香港的个性和特色，以便向远方友人介绍，可是，做起来原来并不容易，也许是她的多变，也许是每当仔细想起她，我就会陷入浓烈的感情魔网中……爱恨很不分明。

香港，固然很难用一句话来形容，但香港的文学却为我们提供了阅读这座城市，了解她的身世，认识她的内涵的极佳渠道。

还是让我们从张爱玲开始吧。

1939 年，一个十九岁的女生从上海来到香港，入读港大文学院，从此成为香港文学版图上一个地标，成为我们追索香港文学历史时绕不过去的一座山峰。她就是张爱玲。这个女子在香港生活的时间并不长，但她的影响却是深远的。在她居港的第三个年头（1941 年），香港沦陷了，她被迫中断学业，于 1942 年夏天回到上海。从此走上创作道路的张爱玲，似乎难以忘怀在香港生活的经历与感受，开始创作一系列"香港传奇"。她在散文《到底是上海人》中这样说："我为上海人写了一本香港传奇，包括《沉香屑》《一炉香》《二炉香》《茉莉香片》《心经》《琉璃瓦》《封锁》《倾城之恋》七篇。写它的时候，无时无刻不想到上海人，因为我是试着用上海人的观点来察看香港的。"

张爱玲的"香港传奇"事实上已成为香港现代文学经典，可以说，如果没有这批作品，香港二十世纪上半叶的文学景观将是黯淡的。张爱玲以上海人的视角回望香港，又以她惯常的冷峻笔调记录所见所闻，见证了一座城市的倾覆。

"也许就因为要成全她，一个大都市倾覆了。"

这是一句大家都熟悉的话，出自她的《倾城之恋》。我想，"倾城之恋"这四个字也正好可以用来总结张爱玲关于香港的文学书写，同时又可以用来形容香港文学的一大特色。下面，我们就顺着这个思路，追索一条洞窥香港现代文学风貌的路径。

在张爱玲所书写的"香港传奇"中，最集中描述香港倾覆之苍凉境地的，莫过于散文《烬余录》。且看看她怎样涂抹战时的香江乱世景象：

> 我记得香港陷落后我们怎样满街的找寻冰淇淋和嘴唇膏。我们撞进每一家吃食店去问可有冰淇淋。只有一家答应说明天下午或许有，于是我们第二天步行十来里路去践约，吃到一盘昂贵的霜淇淋，里面吱格吱格全是冰屑子。……

香港重新发现了"吃"的喜悦。真奇怪，一件最自然、最基本的功能，突然得到过分的注意，在情感的光强烈地照射下，竟变成下流的，反常的。在战后的香港，街上每隔五步十步便蹲着个衣冠楚楚的洋行职员模样的人，在小风炉上炸一种铁硬的小黄饼。香港城不比上海有作为，新的投机事业发展得极慢。许久许久，街上的吃食仍旧为小黄饼所垄断。渐渐有试验性质的甜面包、三角饼，形迹可疑的椰子蛋糕。所有的学校教员、店伙、律师帮办，全都改行做了饼师。

我们立在摊头上吃滚油煎的萝卜饼，尺来远脚底下就躺着穷人的青紫的尸首。上海的冬天也是那样的吧？可是至少不是那么尖锐肯定。香港没有上海有涵养。

张爱玲以她特有的冷峻笔调写出了香港的苍凉。

美国作家格特鲁特·斯泰因（Gertrude Stein）说过一句话："作家必须有两个国家，一个是他所属的国家，另一个是他实际生活的国家。"她说："美国是我的祖国，巴黎是我的故乡。"（大致的涵义是，后者治愈了前者的实用主义病症，而且给内容以新的形式。）这里，我稍稍篡改一下这句话：一个作家可以没有两个国家，但应该有两个故乡。张爱玲实实在在地有两个故乡，一个是上海，一个是香港，两地的生活经验让她有了不同的参照系，无形中也开阔了视野，可以转换视角，多角度地观察审视香港的社会人生。

自从张爱玲之后，我们看到的香港文学，可以说都是林林总总、形形色色的"倾城之恋"，从黄谷柳的《虾球传》（《春风秋雨》），到侣伦的《穷巷》、舒巷城的《太阳下山了》、西西的《我城》《浮城志异》、李碧华的《胭脂扣》、黄碧云的《盛世恋》、黄启章的《永盛街》等等，都是这个城市的"恋歌"。当然，这些"恋歌"不是一般意义上的田园牧歌，肤浅的浪漫小资滥调，而是饱蕴都市情感体验的"时代曲"，旋律与节奏都带有不同时代的印记，因而也成了香港文学中不可忽视的声音。

如果说张爱玲的写作是一种精英写作，是以外来人，准确地说，是以上海人的视角，审视香港、观察香港，又书写香港，代表的是一种他者的视角与书写的话，那么，舒巷城笔下的香港景观，则代表了另一类的书写传统，那就是平民的意识、本土的关怀，这是一种以地道的香港视角，体察民情，又以深挚的笔触描绘香港本地平民生活的类型。舒巷城笔下的筲箕湾、香港仔，都是香港平民的生活地域，他的笔直接伸进了平民的生活，而他也自然而然成了原乡的歌者，并唱出一首首动人的埠头小调，如《鲤鱼门的雾》《香港仔的月亮》。

和张爱玲不一样，舒巷城是一位土生土长的香港人，但这不等于他只是局促一隅的乡土派作家。舒巷城也有两地生活背景。香港被日军占领后，二十出头的舒巷城离开生养之地，经过六年的颠沛流离，饱尝人生酸甜苦辣，才于四八年底从内地回到香港。这段人生经历同样给了他不一样的视野，让他的香港身份中多了一种"外来"的元素，以至于他作品中总带着"归来"的情思、"外来"的目光。如《鲤鱼门的雾》中的梁大贵回到阔别十五年的埠头，置身于"重重叠叠地滚来的"浓雾中，想起十五年前热热闹闹的码头，想起"唱得一口好听的咸水歌"的木群……可是，他成了故乡的陌生人，只好带着迷惘离去。这是香港"埠头"变迁的一个缩影，也是无数港人没有立足之地的人生写照。这篇小说为舒巷城往后的创作定下了怀乡基调，如他的名篇《香港仔的月亮》《太阳下山了》，都饱蕴着这种回望故园的情怀。看看他笔下的香港仔月亮：

> 暮色渐近，香港仔的海面像一面很大很大的捕鱼网——它网着阿木嫂，网着阿月好……网着每一个"水上人"像船锚一样沉重的心。暮色从黯黄到黯黑，夜来了，稍远处岸上和水上那几家酒家的灯火首先亮起来，似乎企图燃烧起这寂寞的香港仔之夜，但没有用——秋夜像一个垂死的老人，落在海面上，隐隐的发出一阵阵轻微的叹息……。月亮不知什么时候挂在显得比往晚更辽阔更空荡的天空上，弯弯的，像一面艇篷。

舒巷城站在故园的埠头回望已经回不去的故园，以深挚的心灵之光透视过去的时光，所以，笔下的人事、风物都带着记忆与情感的光晕。再如《太阳下山了》中的西湾河：

> 这时太阳早已下山了。月亮从鲤鱼门海峡上

升起。档口上的火油灯、汽车大灯和月亮的光溶成一片。不远处，泰南街街尾那根灯下有几个孩子在"跨背跳"。一个扇着葵扇的妇人坐在矮凳子上跟他的男人吵架。男人站起来，忽然转身走了，很快地就消失在沙地上黑压压的人丛里面。热闹的沙地，由于穿着木屐的孩子们在档口和档口之间穿来插去，时而响起一阵踢跶踢跶的声音。

舒巷城以回望人生的方式说故事，笔卜的故事都是经过心灵反刍的，是沉积于记忆中的往事，因而笔下的香港风情也就别具韵味。舒巷城十分强调情感在创作中的作用，他说"下笔时，若没有感情，而能写出动人的什么，那是不可思议的事。我想，同情被写的对象（人或事），甚至感同身受，这是写作进行中常有的事呢。倘若我的某一篇小说或诗，还能感动读者的话，那是因为下笔时，其中的人或事，首先感动了我自己。"[1] 我想，这正是舒巷城创作特色的最佳注脚吧。

舒巷城的创作在香港文学场域中独树一帜，可以说矗立了一种"在地关爱"的人文标杆，成为本土写作的重要参照。

当代人文地理学家段义孚曾提出"恋地情结"（Topophilia: love of place，又译为"在地关爱"）一说，阐述人与环境的

---

[1] 舒巷城:《放下包袱，谈谈自己》，见《香港文丛·舒巷城卷》，三联书店（香港）有限公司，1982年2月版，第5页。

互动关系。在段义孚看来，人对于环境有两种基本的情感，一种是"爱"，一种是"怕"。人们所生存的"空间"（space）因为情感、记忆、想象、认同等等人的因素转换成"地方"（place），因而变得有意义。在文学作品中，这种情感联系表现为一种"恋地情结"，给人以依恋感、归属感，表现为一种"地方感""地方精神"。

像舒巷城一样，海辛、林荫、西西、董启章等等，都是这种香港地方故事的妙手，地方精神的"捕手"，尽管他们的风格迥异，手法有别，却都是这个城市的漫游者、观察者、描绘者。他们或忠实地记录香港风情，或以寓言的手法营造"我城"意象，或以想象的方式勾勒"香港地图"，说来都是深情的"蓝调歌者"，他们都在捕捉地方的精灵。

香港的现代文学深植于这座城市的都市生活之中，社会历史嬗变的经验，都市空间的消长，各种现代潮流的洗礼与冲击，乃至日常生活的方式与节奏，人与人的社会关系、社交活动等等，毫无疑问，都直接或间接地影响着本地的文学书写，反过来说，香港的文学创作，从内容到形式，都无可避免会打上这座都市的时空与社会经验烙印。

香港作为一个现代都市，具有高度物质文明的生活形态与现代社会意识，这里是天堂，也是地狱；是冒险家的乐园，也是平民的栖身之地；这里有灯红酒绿、纸醉金迷的奢靡生活，也有失业破产者彷徨无地的破碎人生。有离散，有拥挤，有失落，有荒谬，有狂欢，这就构成了香港文学的城市特质。

如陈韵文《我们跳舞去!》，这个六十年代的作品讲述一段若即若离的恋情，由此展示都市丽人的情与爱。在机场当地勤人员的"我"，在友人的舞会上邂逅了"他"，两人一次次相遇、约会，出入酒吧、餐厅，跑夜总会，终于生活在一起，然而他们之间始终出现了距离。小说写出了香港都市人生的又一个面向，"这地方太小了，谁都会踩在谁的脚上"，"我"和"他"的情感距离，"那么远，远得好像生与死，昨天与今夜"。

又如陈宝珍的小说《找房子》，写出现代女性的生存困境。故事中的两个女子"你"和"我"，都在"寻找一间完全属于自己的房子"。在A的故事中，"你"表面上有正常的家庭生活，实则面对一个父权的秩序，扮演着被指派的角色；而在B的故事中，"我"离了婚，又搬回到父母家里，表面上好像得到了自由，实则变得进退失据、无所依归。两个女子的处境就是这个都市里无数女人的缩影，"城市平凡的街道上，半新旧楼宇之间，走过平凡的你我，各自寻找适合自己的房子"。

再来看看黄碧云的作品，从她的《盛世恋》到《烈佬传》，我们看到的是另一种惊心动魄的都市人生。黄碧云笔下没有什么优美的香港风光描绘，也没有什么家园感喟或怀乡小调，但处处都是真实的香港都市人生风景，现代人仓皇无地、流离失所的景象，无疑是张爱玲笔法的现代版。她以说不清是冷血还是冷酷的手笔，涂抹着太平盛世下的兵荒马乱，繁华都市中的卑微人生：

> 这样一个盛夏的中午，这样的红绿灯交叉站，这样的千人万人，她爱的人已经远去——书静紧紧的抓住指示牌，但觉滑不留手，她使着力的握着拳头；她有的只是这些——热情往往在事情过去以后一发不可收拾。红灯绿灯，第一次，书静哭了。

黄碧云述说着温柔与暴烈、悲怆与落寞的香港故事，展示的是香港的世纪末景象，无奈、幻灭与绝望。

香港的优秀作家、优秀作品，难以一一细说，但通过以上回顾，我们可以这样说，香港的文学作品，为我们打开了一扇洞窥时代风情、港人生存状况和精神风貌的窗户，也让我们看到了香港的"华美"与"悲情"。在我看来，在地书写并非简单地等于地方志，风物考证、风情描绘，而是一种饱蕴关切之情、深刻体验、独到发现的情感记录，心灵史。我们所看到的这些作品，价值所在就在于揭示出了香港社会的真相，展示出了现实的深层底蕴。

由此，我们可以看到香港文学的不同向度，而其中一个突出的特质就是都市性、现代性。这里的文学生态呈现出多元、混杂、多样的特色，全然不同于农耕社会田园牧歌式的写作形态与抒情传统。这里没有中心，不讲主流，也没有什么主旋律。作家都是独特的个体，是名副其实的个体户，没有建制，没有宏图，作家的创作纯粹是个人意识、个人印象的个体书写。所以，没有人可以作为文坛代表，也没有人愿意被代表。

舒巷城在谈到自己的创作兴趣时有一段自白："对大题目的时代，对小题目的近于眼前的生活，在感受上，我快乐过、兴奋过，我悲哀过、苦恼过，把这些化为小说，化为诗与散文……成为一个习惯时，在我，也往往成为一种'兴趣'了——如果我不唱高调，也不说什么使命感，却不等于没有使命意识的话。"[1] 陈宝珍则说："秘诀是从不谴责，从不批评，也不会用浸过'道德'的，散发着消毒药水气味的眼光打量那些说故事的人。"[2] 我想，他们的说法都在一定程度上体现了香港创作人的创作心性与姿态，低调、内敛，不浮不躁，专心致志地述说他们的故事，但正是这种平实的作风折射出了他们的眼界、实力与自信。事实上，作为一个现代化、国际化的大都市，香港引领着时尚的潮流文化，在文学上也一样，具有包容的特性，百花齐放，这里有写实主义的，也有现代主义的；有典雅的纯文学，也有流行的通俗文学；有新派武侠小说，也有都市言情小说，可谓兼收并蓄，雅俗共融。

---

① 舒巷城：《放下包袱，谈谈自己》，见《香港文丛·舒巷城卷》，三联书店（香港）有限公司，1982年2月版，第5页。
② 陈宝珍：《答客问——代自序》，见《梦创世》，香港文学出版社，2015年。

香港固然是一座难以言说的城市，但透过具体的阅读，我们却不难重组出一幅拼图，认清这座城市的具体形貌，透过这些具象的画面，可以加深我们对香港文化及港人生存状况的认识与理解。这种认识是感性的，也是理性的。通过文学阅读，香港，就不会只是一座华厦云集的海市蜃楼，不会只是繁华的市井，不会只是一张亮丽的明信片，而是可以触摸得到的，有肌理，有细节，具体可感的生命体。

一代代优秀的香港作家所书写的佳作，为我们述说了无数悲欢离合的港人故事，留下了一幅幅社会历史画卷，这些都是我们认识香港、走进香港的活教材。有生动形象的文学，香港这本书并不难读，香港的故事也并不难懂。

香港很小，只有七百多万人口，但这里的文学却别具异彩，放诸整个中国文学版图都毫不失色。她有着自身的生态与话语系统，有自由的空间，有与普世的文明价值相契合的文学气场，这正是文学得以存在的必要条件。

这就是我所知道的香港文学在地书写谱系。

葛亮

原籍南京，现居香港。香港大学中文系博士毕业，任教于香港浸会大学中文系。

著有小说《北鸢》《朱雀》《七声》《谜鸦》《浣熊》《戏年》文化随笔《绘色》，学术论著《此心安处亦吾乡》等。部分作品译为英、法、俄、日、韩等国文字。曾获首届香港书奖、香港艺术发展奖、台湾联合文学小说奖首奖、台湾梁实秋文学奖等奖项。作品入选"当代小说家书系""二十一世纪中国文学大系"。长篇小说《朱雀》《北鸢》获选"亚洲周刊全球华文十大小说"。

听得金陵音一缕

——有关方言的思考

■（香港）葛　亮

多年前，有个叫"D-EVIL"的南京 RAP 团体在国内走红，他们的成名曲目叫做《喝馄饨》，里面有很著名的一句念白："阿要辣油啊？"

随着这首 Rap 的盛行，全国人民对南京话的印象都是这一句。即使在香港，碰到新知旧雨，知道我原籍金陵，都会很热情地调侃——阿要辣油啊？

这短短的一句，要念出韵味，殊非易事，要带着"萝卜味儿"来，节奏感很重要。"阿"是短促的入声，"油"则要念得回味绵长。这一抹乡音，犹在耳畔，其中的冷暖，闻者自知。

说起南京这座城市，浸染千百年的历史烟雨，是公认的风雅。吴敬梓先生说的，"菜佣酒保，都有六朝烟水气"。即使下里巴人，收了工都要跑去雨花台看落日，这城市可算文艺到了极点。可是南京话却常常叫人笑话，大约听起来语调莽直，又带着一点颠顶，和风雅多少有点不衬。听过有人投诉张艺谋导演的《金陵十三钗》，里头的名妓说城南的老南京话。秦淮脂粉，衣香鬓影，顾盼生姿。一开了口，一下子都变成了市井大妞，也是无奈得很。每每外地朋友说起南京话的"土"，我便很想为其正名。依现代的语言审美，南京话也曾悦耳过。往远里说，六朝以前，南京本地通行的是吴地方言，近乎于"苏白"。五胡乱华、衣冠南渡后，东晋定都南京。南北朝汉人口大批南迁，带来中原洛阳雅言。洛阳雅言流行于上层社会和知识阶层，又称"士音"；而并存的金陵本地居民语言吴语则称"庶音"。这一来在南京，语言就成为划分阶层的标志，前者有点类似英国的 RP 音（Received Pronunciation），很贵族高冷。颇有家世的英前首相卡梅伦都不敢说，怕在民间丢了选票，不得不对自己的上层口音作出改良。好了，语言分化的确不利于团结，洛阳雅言和吴语逐渐融合成为一种新的口音，叫"金陵雅言"。这就十分接近现在的南京话了。由此，金陵雅言以古中原雅言正统嫡传的身份被确立为中国汉语的标准音，就此成为中国的官方语言。明代及清代中叶之前历朝的中国官方标准语均以南京官话为标准。从声韵学的角度，南京官话有入声、分尖团、分平翘，是传承中古音最完美的官话，其影响之深远，远至海外。几百年来，周边国家如日本、朝鲜所传授、使用的中国语皆是南京官话。明清时期来华的西方传教士所流行的也是以南京官话为标准的中国话，传教士麦嘉湖称官话以"南京腔为各腔主脑"。及至民国初年西方传教士主持的"华语正音会"，也以南京音为标准。甚至十九世纪七十年代时美国最初的汉语教学也是基于南京语音。清末编审国语及民国确定新国音以后，北京官话成为中国官方的标准语，作为"国语"的南京话才渐渐退出历史舞台。

经历这一番"必也正名乎"。有朋友就要说，当年是国语如何，做过普通话又如何，南京话还是"土"。在我看来"土"与"雅"实在也是见仁见智。《红楼梦》雅不雅？可是里头的南京话，据金正谦的考辨，八十回里有一千两百多处，且用得丝丝入扣，毫无违和感，尽显鲜活与淋漓。少年迁京，南京话仍是曹雪芹的母语。关于《红楼梦》与南京的关系，叶灵凤写过专文，在这里就不说了。就只说南京话，精彩已不胜枚举。举个例子，第二十四回里便出现了这么一段："贾芸听他韶刀（叨）得不堪，便起身告辞。"南京话说啰唆唠叨，只一个字，叫"韶"，精当之至。要说《红楼梦》里头的老南京，皆出身金陵世家史侯。一是傻白甜史湘云，"爱哥哥"叫得一个热闹；一便是女王范儿的老贾母。以贾母在这家里的地位，向来不怒而威。可真要动了怒，骂起人来，便活脱就是个嘴尖舌利的南京老太太。第四十四回王熙凤因吃醋和贾琏闹纠纷，向贾母投诉。贾琏负荆请罪，贾母骂起孙子来是丝毫不口软，啐道："下流东西，灌了黄汤，不说安分守己的挺尸去，倒打起老婆来了！"南京人常把喝酒戏称为"灌黄汤"，骂人时把睡觉说成"挺尸"。这个乡俗口气，顿时让贾母的形象大大地接上了地气。说起南京的粗口骂人话，源远流长。贾母的泼辣鲁直，曾在公交车的售票小姑娘身上，薪火相传。有关于此，我在长篇小说《朱雀》里写到过，"难得南京话里的骂人话，句句都是掷地有声。含义里是透彻骨髓的怨与怒。说多了，融到了说话人的字里行间去，也融到了这个城市的血脉里去。这些肮脏的字眼，就好像这种方言里的'之乎者也'，镶嵌进去，倒是成就了一番韵味。没了它们的南京话，是不地道的南京话。你习惯了它，也明白了它的用途，并没有这么刻薄与怨毒。也就晓得，有时候，它不过是作为句逗或者语助词。它像是情绪的催化剂。有了它，表达的快乐是加倍的快乐，表达的亲热也是加倍的。比如，你说一个'好'字，远没有说'好得一逼'这样淋漓而由衷。"

当年曹雪芹的一缕乡情，流泻笔端，倒替现代南京话保留了许多遗迹。《红楼梦》里头写到的"孤拐"（颧骨）、"马子盖"（即"马桶盖"，儿童的发型）、"小杌子"（没靠背的小板凳），如今大约除了老一辈，年轻的南京人已经不懂什么意思。南京话与许多方言一样，也在走向式微、凋落。不过，我常感慨历史的强大与曼妙，南京与南京话有它的幸运之处。前两年，我专程去了一次黔西腹地，去寻访安顺当地一支奇异的部族，屯堡人。这部族也称"京族"，在贵州这少数民族云集的省份，他们保留着完整的汉民习俗。与其他民族不通婚，与外界交流也不多，在语言、服饰、饮食、信仰、民居建筑及娱乐方式等方面与周围本土村寨决然不同。究其缘由，他们世代相传："应天府乃我故乡，有我族人，有我良田美宅。"他们的原乡，便是南京。1371 年，明太祖朱元璋封傅友德为征西大将军，率领三十万大军自南京抵达今贵州安顺地区，成为大规模进入黔西的第一批汉人。这些汉兵主要来自以南京为中心的江南一带。紧接着太祖又下令将留戍者的家属全部送到戍地，卫军就地屯垦，七分屯种，三分操备。一留便是六百年，外界世异时移，这里却犹如历史的定格。屯堡人有自己顽强的坚守，在这偏远的贵州腹地，复制与传承着自己念念不忘的江南风物。他们成为了古南京的化石，这化石的肌理中，当然也包括语言。遵循"离乡不离腔"的祖训，依然是明代的江南口音，与昔日的老南京话同声同气。

在一处四合院的厢房里，我面前坐着一位身着天青蓝的老太太。阳光透过镂空隔窗在她身上投下光影。她的神态安详宁静，和我用一新一旧的南京话交谈着，竟没有障碍。临走的时候，她对我说，她七十二岁了，从未出过天龙屯堡。她知道南京很远，但她很想去南京看一看，和与她一样老的人说说话，或许这辈子，就心满意足了。

梁科庆

香港浸会大学人文及创作系哲学博士，现在香港中央图书馆工作。业余写作、研究儿童及青少年文学。小说系列《Q版特工》获第四届全国侦探小说大赛最佳悬疑奖、第十二届香港中文文学双年奖。另有学术著作《大时代里的小杂志：新儿童半月刊研究》《低调的呐喊：突破杂志研究》。

新界西故事

■（香港）梁科庆

香港从荒凉的渔村，发展成国际都会。不同年代的作者透过笔尖，书写香港的独特情味，见证时代变迁。早在二十世纪三十年代，所谓"都市文学"的开端，是以小说形式呈现都市景观。时至今日，都市发展日趋多元，都市文化玲珑多面，作者的视野不再局限于外在的景观，正如也斯所说：

> 都市文化孕育了香港的都市文学，但文学不仅是描写城市的外貌，抒写都市的现状，也可以是对都市有所批评，对文化有所反省。都市文化更动了人们生活聚居方式，改变了人际关系，带来不同的对时间和空间的体会，催生了不同的传媒、带来了各种新的沟通方法，其中有新的可能与限制。

本文以香港的"新界西"作为场域，检视一些不同年代的本土创作，观照都市与都市文学变化。"新界西"素有香港后院之称，元朗和屯门为两大主要市镇，共有居民约一千一百多万。在二十世纪三十年代，元朗和屯门属于"乡下"，交通非常不便，黄谷柳《虾球传》里的鳄鱼头和虾球由市区到屯门干活，要清晨五点钟起床。

到了二十世纪五十年代，元朗的公共设施依然落后，力匡的短篇小说《没有阳光的早晨》，"我"到元朗访友，友人住在元朗墟附近，天黑后，由住处往墟上，因没街灯，朋友要"带一个手电筒，在后面照着路"，朋友的房东经常抱怨："元朗的路坏极了，这里汽车也开不进来。"后来，两人布置圣诞树，拉上一串彩色的灯泡，"我"才知道元朗也有电灯。

1978年，屯门公路建成，高速公路连接荃湾，屯门和元朗居民进出市区的交通时间，大大缩减。但在公路使用初期，由于司机不熟悉新路，以及路面设计不完善，车祸多、死伤多，连环相撞也多。可见，进步与发展的另一面，可能带来灾祸。王家渝的《屯门公路》以"讲鬼故事"的方式切入，写出一段车祸的恐怖：

　　一闭上眼，蕙兰便感到身子飘了起来，被一股温暖的气氛包围。她知道自己发生意外，但身体不痛不痒，整个人轻松了许多，所有包袱都放下了。蕙兰张眼一看，自己原来已站在车外，车子的车盖挤压得像个手风琴，完全看不到里面的情况。

二十世纪八十年代以后，新界西的市镇已具规模，大型屋苑相继落成，人口增加，"轻便铁路"更于1988年通车，穿梭往来元朗与屯门。卢普梁的《轻铁故事》描述轻铁的挤迫：

> 车来了，回家的人挤上车，买菜的人挤下车，挤呀挤，上车的人总不让你先下车，下车的人也不想让你先上车，挤呀挤，我还没有挤上车。然后车厢满了，车门关了，轻铁开了，我还站在月台边上，看着另一批老婆婆和家庭主妇来到月台，把装满了餸菜的胶袋放了一地。

宁静和谐的乡郊生活，不再是元朗和屯门的市镇风貌。

到了九十年代，香港经历回归，漂泊时代终结，时代变迁带来的"混杂"成为新的热门话题。也斯的《爱美丽在屯门》中的人物爱美丽生于元朗，在屯门工作，因父亲患上抑郁，她漫游新界西，抱着观音像与各种食物合照，希望照片帮助父亲恢复对日常生活的兴趣。小说里，爱美丽所到的食店相当"混杂"：

> 洁白无瑕的观音出现在"泰味村"炒蚬的旁边，在深井"裕记"欣赏芒果布甸，在元朗"大荣

华"吃银虾蚬仔炒长远，到"好到底"看大碌竹
打面。

不再"乡下"的元朗，地道的鱼塘乌头、丝苗白米，已
不常见到。走在街上，日式寿司、韩式烧烤、越式河粉、英
式炸鱼、美式汉堡、台式饮品、意式薄饼等店铺，街头巷
尾，总有一家。

谈到意式食肆，元朗第一间意式餐厅于1976年开业，
叫祖凡尼餐厅。当年，同区的冰室、茶餐厅售卖咖啡、奶
茶、三明治，祖凡尼已提供猪排、牛柳、羊架。我的小说
《元朗故事》，灵感来自这间四十年老字号在2016年结业。
小说的开始，主角梁贤在餐厅结业前旧地重游，发现元朗的
变化很大：

> 祖凡尼餐厅位于元朗的鸡地，顾名思义，鸡
> 地从前是个贩卖鸡只的集散地。时代变迁，目下的
> 鸡地，鸡毛也找不到一根。梁贤步上行人天桥，朝
> 北望远，昔日的鸡舍、农田、鱼塘，变成一幢幢高
> 厦，已入伙的、正施工的屋苑，沿着西铁路轨，一
> 直延伸，似要跟更北更高的深圳楼房互相接轨。

都市不断发展，新的事物涌现，旧的面临淘汰，不叫人
意外，只教人可惜。

我另一本小说《银狐》，以屯门作故事背景。主角阿峰本是工厂工人，二十年前随工厂北迁广东，并晋升厂长。后来，珠三角经济转营，港资工厂倒闭，阿峰回流香港，回到变得陌生的屯门，租住狭小的"劏房"，在迷你仓打工。迷你仓置于没工厂的工厂大厦之内。渐渐，阿峰体会到"劏房"跟迷你仓有其共通之处：

> 在香港，劏房遍地开花。住宅大厦里的住人，工厂大厦的储物，人与家当分开。住屋不足，工业北移，劏房与迷你仓不失为一种无可奈何的变通。

总的来说，新界西的发展是香港的缩影，从没停顿。文学反映社会，社会影响文学，都市的多元色彩与变化，为触觉敏锐的作者带来源源不绝的题材。

潘金英

女，现任香港公开大学讲师、香港作家联会委员、香港艺术发展局文学评审、香港廉政公署教育组编委会委员。

与其妹潘明珠合著儿童文学作品约九十多种，作品曾获多个文学奖：香港青年文艺写作赛冠军、香港电台故事创作银笔奖、童诗创作奖、《突破》征文创作冠军等。其小说《月亮不见了》由香港电台制成电视单元剧于《小说家族》播出。著有《城市天匙的迷思》《两个喷泉》《明星同学》《宝贝学生》《宝贝合桃》《第一滴泪》《梦的彩虹桥》；另有诗歌《大自然礼赞》《当我们在一起》等。

西西《候鸟》文本反映的城市生活、地域与乡愁

■ 文稿:(香港)潘金英／发言:潘明珠(香港作联理事)

　　西西所著《候鸟》,是本港七十年代以来重要的小说,小说文本对城市／(地域)与乡愁的论述,在时间、空间与回忆中,它让我们认识人对迁徙到另一座城市的感受及判断,是震动读者心弦之力作。

　　我翻读西西的《候鸟》[①]后,从中感受到她在香港此城市中就读协恩中学时一段成长的心路历程,不少曾反映出香港的一点教育面貌。

　　《候鸟》全书约三百页,是西西创作以来结构篇章最庞大的长篇小说。书的内容以一位小女孩素素作为叙事的"我",用自传忆旧的笔调,抒写抗日战争残酷无情和家人为逃避战祸而迁徙等各种深刻感觉、看法,反映出对地域与乡愁的描述,真切动人。在这许许多多、可喜可悲的经历

---

① 　西西:《候鸟》,洪范书店印行及出版,1991年9月出版。

中，小女孩素素逐渐长大，隐隐流露出一份对童年的留恋，和寄望将来的积极乐观之态度。

《候鸟》分四章，各又内分五节，都以短诗作各章开始，交代出人有如候鸟一样，从一地迁徙到另一地方（由北到南），从稚龄到长大成人，笔墨所及，触动了隔代的历史感情，而语言平淡，收放自如，极为可观。我不是一口气看毕全书，而是一点一滴去阅读，因为在阅读过程中，作者刺激起我对章节内容的徘徊沉思，使我非常享受心灵在当下一刻的愉悦。

我很喜欢《候鸟》的譬喻，也很喜欢故事的人物和生活。我特别欣赏作者叙事的手法，从小女孩的角度看事物，每一件鸡毛蒜皮的小事都会变得有趣、新奇，而且令人重拾童真。例如那小女孩说："譬如我写，笑哈哈，我就想起哈先生。姓哈的人是否常常很喜欢笑的呢？叔母是一个喜欢哭的人。我想哈先生既然姓哈，叔母一定姓哭了。"虽然平铺直叙，但却自然地表现出小女孩的天真可爱，我看到这段文字，不禁会心微笑。书中成功地营造了一种轻松平常的气氛，不夸饰而描绘细致动人，令我感觉到原来平凡的日常生活，也可以变得多姿多采。书中的女孩素素，热爱生活，对身边事物好奇、关怀、自奉俭约、勤诚，对人宽容谅解；阅读此书，使人对生活也有美好的企盼和自足之乐。正如西西在《讲话文章》[1]中所说："我的小说最重要的都是生活。我写

---

[1] 黄念欣、董启章：《讲话文章》，三人出版社，1996年8月出版。

许多东西都来源自生活，不是来自看书的，例如到市场买一尾鲜鱼。通街逛、看街景，都不是来自阅读的吧。《候鸟》写的全部是香港现实生活，一看便看出来了。"

的确，书内充满了对日常生活的观察，也显现了作者对人间万物的惊讶、有情和忆念，别具一种真情实感的文学风貌。从"爸爸不去上班了，整个屋子都奇怪起来。我不上学，爸爸不上班，外公不去买菜，早上也不喝豆浆和烧饼，因为店铺没有开门……"等描述中，可以看见战争的真实情形——不是军队的部署，战争的胜败等确切的报道，而是一个平民家庭在战争期间的情况，实实在在地反映出战争给人民带来的灾难，执政者争权夺利的野心为百姓带来的痛苦。书中的素素不明白人们为什么把许多钞票藏起来，也不明白为什么妈妈和叔母们说纸票不值钱。"现在外面有些地方挂的国旗不是以前那样的了，不再是青天白日满地红。素素很奇怪，但她想：大人的事，我们小孩子总是没有办法的。"（《候鸟》，第1—18页）

打仗时，素素生活漂泊："飞机不断地来，连一个小小的村镇也逃不了劫数。妈妈说，飞机就在头顶上转，远远就成了一个个泥洞，乡下地方，空地多，所以没有炸掉很多房子，但是，我们住的屋子，也炸掉了一个角落，于是，我们就一起到姑姑家去了。"而打完仗，他们的生活亦不能恢复原貌。（《候鸟》，第149页）

"我们一家人不再上公园去，也上百货公司，不上杏花楼；二妈妈不去看戏，爸爸也不和我们去看电影。打完了仗，一切真的有了显著的改变，花贩子和裁缝一直没有再来，妈妈甚至不到外面去，这些日子常常有陌生人到三四五弄里来，有时是一个人，有时是两人，都穿一种蓝色的衣服。这种衣服，不是棉袄，不过，却很像棉袄，有很多纽扣，也有很多口袋。他们每次来好像都要问一次，你们家一共有多少人，这个人是家里的什么人，这个人又是这个人的什么人？做的是什么工作？……穿蓝衣服的人在我们家里只见过爸爸一次。因为后来，爸爸到南方去了。"（《候鸟》，第149页）透过作者细腻的描述，第三章把战争前后的上海生活作了对照，而小女孩的爸爸在南方病倒消息，影响了女孩妈妈的生活，她忙了几天，申请批准和拿防疫证、买火车票等，也赶到南方去了。孤单的素素给人叫回学校开庆祝会，但跟她童年印象中的庆祝会截然不同，要跟着摇红色大旗的队伍走，天下着雨，天气很凉，素素在雨中不知道走了多少条街，直至双脚再也走不动，才来到个大操场，允许一排一排坐下来。第178页这样写："我听见有人讲话，透过播音器，不知什么地方的乡下口音，我既听不清楚，也听不懂，只知道那个人讲了很久，然后又有人跟着带头的声音喊什么万岁。"可怜的小素素又冷又累，而且想家想父母，这样在雨中折腾了一日一夜，结果病了，而且病了很久。待她病愈，她妈妈就决定一家都到南方去。小说中透过小女孩的眼去看战争，更赚人热泪、细腻动人。

《候鸟》书中，女孩素素对人生的种种必然经历都提出一些疑问，例如："中国人为什么要讨厌中国人，大家都是中国人，岂不是兄弟，怎么兄弟自己打起架来了呢？"又如："陈妈在我们家住了几个月，我只是奇怪。好端端的一个人，忽然一走出家门，仿佛一滴水掉进大海里。我们谁也没有陈妈的地址，也没有人问，好像以后就各不相干了。""姨姨总是说，过去的事，不要提了，一切都怪自己的命不好。命是什么东西？人的一生，真的和命有关么？我要跟妈妈到南方去，这是和命有关的事情？屋子有没有命？这屋子现在是我们的，再过一些日子，它就是别人的，其他的许多东西，有没有命？"这些都充分表现出生活的矛盾、无奈，而出自一个小女孩的口里，就更加令人觉得生活上的种种、人与人之间的交往是那么令人摸不着头脑了。

在结构和文字语言特色上，诚如黄继持先生所言："气魄宏伟，复调交响，而真情挚意，可感动人。"我最欣赏本书多姿多彩的写作手法，透过小主角素素的叙事观点，简单直接地描述了生、老、病、死以及乡愁、离乱、聚合等人生际遇的描述，真切感人，易为所动，令读者产生深刻的共鸣。

以第四章为例，西西以诗作为第一节的起首，写出了她（小说中的素素）南移香港的强烈印象："我抬头来 / 看四周的房子 / 没有一座房子 / 屋顶上有烟……这里是南方，在这里 / 最多的鸟类，是鸽子 / 所有的鸽子 / 都挤在 / 一个一个 /

狭窄的笼子里"。

　　首节的诗句跟往下的内容起呼应作用，从妈妈跟外公、外婆和爸爸的谈话中，反映出南下的各种情况和心境。虽然小小的一层楼，把素素一家人多年来的积蓄都花掉，但总比住在别人的家里好："能够有自己的房了是很好的，房子很小，到底是自己的家呵。"（《候鸟》，第214页）

　　似乎比起白鸽，素素他们好一点。生活上一切的不如意、不习惯，素素和家人也渐渐适应了。小说中描画南方"骑楼"的种种风景、起重机卸货、船厂的汽笛响声，海上风景和对岸的山、山上的房子，还有常在骑楼下卖飞机橄榄的小贩，对面街上的大排档，顾客的吃相……素素的生活面貌，在西西浅白的文字和细腻的描述上，使读者目不暇给。每逢大人谈话，西西以喜剧的形式，把说话者的句语原本直抒、非常鲜活，人物的性格亦呼之欲出。小说中的爸爸妈妈，都是血气好人，在外为同乡操心，在内为女儿奔波。第29页写："谁带我去找学校呢？爸爸每天要上班，妈妈说，爸爸没有空，让妈妈带你去吧，素素。但我想了一想，我觉得我如今已经长大了，为什么还要妈妈带，我还是自己去吧。于是爸爸告诉我一些街道的方向，妈妈给我相片和报名费，我就出去找学校了。"经历了国共内战的素素，在作者笔下，随时间流逝而长大，230页至235页用顺叙法交代素素成长为少女的心事："我在街上一面走一面找……找到一条荒僻的小泥路，路边种了田，田边还有木屋，木屋旁边还有一条圆水管，我爬上水管，一直往上走，走到斜坡上，果然找到了一间学校。我一看见这学校就喜欢了，因为学校有一座大铁门，里面是一个花园，种满了花，从一道斜坡上去，是更宽阔的空地，空地中间，是一座三层高的工字形房子，房子的旁边是一个大操场。"

你看，西西的清楚描述，不是使古老的协恩中学历历然如在眼前吗？《候鸟》活脱脱是西西年轻的那时代的写照，其中有些小城生活的特质、情貌，依然有些痕迹见于今天。读《候鸟》，农圃道的昔日面貌，今天也仿似历历在目了。我们读着这种风格自然，不雕饰的文字，益发感受到书中少女的心情："我一面走路回家，一面觉得很兴奋，找学校是一件大事情呢，以前，无论做什么事情，总是由爸爸和妈妈带我去的……可是现在，我自己去找学校，而且把学校找到了，报了名。……爸爸和妈妈都很喜欢……他们说：嗯，素素如今长大了。"（《候鸟》，第231页）

对一个从上海南来的少女而言，很珍惜就学的机会，应付每个月十八块钱的学费却不容易，何况课本和各种校服？240页写道："我一直没有大衣。天气很冷，穿一件毛线衣、袜子和旧皮鞋，伤风得鼻子哼哼的，又上学去了，但我觉得很快乐，我书包里有书本，我的脑子里充满了无数可供感叹，哀伤而又快乐，凄凉而又温暖的故事。"

这个浸淫于书中汪洋的少女是可爱的，没有物欲，精神自由战胜肉体限制，充满对认知的渴求以及人生的宽容。由初次接触各类文学作品，到高中的啃书应付会考，每一阶段的日子，都刻画得淋漓动人，反映出当世的香港教育情状。像许多六七十年代的香港女孩子一样，中学毕业后的出路不外乎当教师、文员、护士之类。由于家庭负担大，父亲年老，素素不奢望能读大学，打算毕业后考师范，将来当老师。考官要她读一首古诗给他们听。诗人"来日绮窗前"一句，令素素浮想联翩："当老师可是一件责任重大的事，如果课本里有一首诗是《君自故乡来》，我会把'绮窗'好好地告诉学生吗？在我的面前，还有千千万万的'绮窗'等我去追索。还有……我可以把我所知的'故乡事'，好好地告诉我们的下一代吗？让他们知道那是怎么的一个地方？有过怎么的一段记忆？他们大多就在温室里生长，他们不是候鸟，而是留鸟，没有经过曲折疲累的飞翔。"

素素的结语道出《候鸟》的题旨，反映出作者从过去透视未来的智慧。说起来，西西《候鸟》从八一年五月廿九日到八二年五月廿三日在快报上连载近一年，顺着主角林素素从小学生到中学毕业，随着成长转换视点、心态、口吻，作第一身叙述，时空跨度从四十年代到七十年代，从上海到香港，从江南到更南的南方，候鸟南来却再不能回迁了。西西在后记说："我们这一辈，的确从小就身不由己，随着父母为了这样那样的原因迁徙，在迁从里艰苦地、缓慢地长大。稍安定下来，又发觉身边的许多人，又开始了另外的，也许更为遥远的迁徙。"《候鸟》文本不仅映照出地域与乡愁，也反映出城市生活中人的情感心态。这本涵摄了不只一两代人的历史命运的巨构，确是一本不可多得的佳作，令人阅读时爱不释卷；阅毕后回味无穷，促人反思。

西西可说是本土创作城市文本的先河者，她的另一本巨著《我城》①，也是书写香港本土城市的创作；西西以游移的视点（阿果、他妹妹阿发、他朋友麦快乐等的观点），重写逛街、郊游、求职等活动，再论难民潮、搬火车站等事件，并且游走于九龙各个地方。《我城》1975年在《快报》连载并配以插图，长达十多万字；小说以中五毕业生阿果为第一身叙事，以"我"为主调，写出一个当代的城市童话。然而西西采用的乃是一种近乎童稚的口吻却是全新的语言来述说七十年代的香港生活，将我城陌生化，产生一个批判的距离。董启章曾分析《我城》，认为西西是以一种零度经验去书写城市，去除习以为常的经验以重新体验城市。（参见董启章《城市的现实经验与文本经验》）但西西这本长篇小说《候鸟》，则借素素（第三身叙事）的口自述"我"，常让人作小说之外的忖度：素素即是西西吗？所谓小说之外，既指散文体裁，也指实际生活。正如黄继持在《西西连载小说：忆读再读》②文中说："小说中的'我'，本质是虚拟性的，不必与一般散文中的'我'等观。西西写小说又写散文，在她

---

① 《我城》，西西著，素叶出版社出版，1996年9月出版。

② 《八方》文艺丛刊第十二辑所收录原文"西西"连载小说，1990年11月香港文学艺术协会出版。

笔下，两种体裁，互相渗入……把小说《候鸟》中的'我'（尤其是素素之'我'，因而带起我所述的'素素'），比起《我城》中的我，读来更似作者现身。"

西西较喜欢的西方画家马蒂斯曾说："人们必须毕生能够像孩子那样看见世界，因为丧失这种视觉能力就意味着同时丧失每一个独创性的表现。"（《欧洲现代画派画论选》①）西西的小说人物，各有一双孩子的眼睛，而这是来自创作他们的西西，故而她的各类作品，皆富创意。诚如黄继持所誉："文本之间，或映衬，或对比，或推移，或逆差，或延续，或陡截，形形色色，关系错综，汇成总体。再读参读，滋味方长。"总而言之，《候鸟》这书除了因内容反映出西西的青少年生活面貌而深深吸引着我之外，更因它的结构和文字功力的独特，的确不易分析；也令人想一读再读。

---

① 《欧洲现代画派画论选》，宗白华译。

王昶磨

笔名苏曼灵，原籍江苏无锡。香港作家联会会员，香港小说学会理事。出版短篇小说集《欲望号列车》，其他短篇小说及诗歌等作品刊登于《香港作家》《述说者》《新少年双月刊》《圆桌诗刊》等刊物。

文学的土地

■（香港）王昶磨（苏曼灵）

我们今天的议题是《文学的土地》。说到"土地"二字，自然会想到"本土主义""本地化"。一方水土一方人，香港麻雀虽小五脏俱全，作为一个移民城市，对文化的包容度是无限深广的。

一 文本与城市生活

本地创作舞台剧《最后晚餐》及《最后作孽》，编剧郑国伟。前剧讲述本港基层家庭的生活，后剧讲述一个本港富豪家庭荒诞不经的悲闹剧，两部剧都反映了香港的现实生活，万恶钱为首。剧情简单，接地气，表现手法既夸张又写实，把香港市井文化活生生搬上了舞台。剧情虽荒诞，但却带给观众极大的反思，使我们拥有直面人生的勇气，而非被现实的荒诞所压倒。

另外一部由焦媛实验剧团制作的《阴道独白》，该剧原著作者是美国的 Eve Ensler，剧本是好的，演员的演绎是精湛的，可惜，译为他国语言搬上舞台，缺了原汁原味的感觉，再加上作者不允许擅自修改剧情与对白，这让该剧在本港演出时缺了地方特色，也就缺了地气。美国味道若能融入本土特色，会更适合香港观众的口味，幸而焦媛制作团队添加了香港的街坊，令观众有了亲切感，略弥补了不足。

八九十年代，港产片雄霸亚洲市场，无论金庸笔下的大侠、周星驰的无厘头、周润发的江湖大哥形象，到后期《古惑仔》里的陈浩南、山鸡、大 B 哥，这些港式人物也都深入了民心。到今天，为何港产片和港剧没落了？是因为香港文化地带出现沙漠，还是因为城市正渐渐失去特色，抑或是城市特色正渐渐被遗忘？

香港是两极化的社会，不乏写作素材，文学创作的目的就是对人文与社会的关怀，对人性的终极关怀。多数内地同胞一想到香港就是：购物天堂，大排档，米芝莲，港式奶茶，茶餐厅，叉烧包，金融才俊，黑社会，夜总会，名门望族争产，明星绯闻……以上种种，真正是城市生活特色，围绕当地城市生活缩影，紧紧抓住都市人的心性民俗来写作，这样的文本也必将绘声绘色，深入民心。

二　地域与乡愁

离开书展，约了朋友在铜锣湾相见。书展最后一天再加上正值下班时间，地铁站人山人海，我决定避开人潮从湾仔走到铜锣湾，湾仔有一条卖装修材料的街，正确写法应该是"骆克道"，我在行走的过程，发现两个相连铺面的街道名称写法不同，左边铺面写"骆克道"，右边铺面写"洛克道"。这样的写法究竟是为了方便国内游客认字，还是为了在整条骆克道上标奇立异？

回归近二十年，香港街头多了好多简体字和祖国文化，我在内地受教育，二十年前来到香港，很快就接受了当地繁体字文化特色，我能够对回归前和回归后的香港做出一定的比较。我并非否定简体字，只是觉得，繁体字就代表了香港，无论是五十年、八十年、一百年，都不应该去改变和抹杀。随时代的推进，地方文化也在相互交错与演变，但最基本的地方特色和地域文化应该保留，一方水土一方人，城与城之间应该存有差异。不同的地域文化能够带给我们对比和思考的空间，如果没有地域文化的差异，文人墨客恐怕也会失去写作的题材与兴趣，特别是诗人，连想象的空间和意境都缺失了，何来诗情画意何来意气风发？如果失去地域文化的差异，远走异乡的人们恐怕连乡愁的味道都无法体会。

再以粤语和普通话为例，到底哪种语言是方言？在世界上大多数语言家的眼里，粤语和普通话一样，都源于汉语，没有从属的关系。如果说粤语是方言，那普通话也是方言，只有汉语才是语言。现代普通话增添了很多粤语带来的词汇，比如：埋单，搞定，老公，淡定，过瘾，心水，靓女靓仔，冲凉……而今打开香港纸媒，也出现了很多普通话用语，比如：小鲜肉，裸辞，高富帅，萌，土豪，给力，打造，优化，发动群众……

语言不仅仅是沟通的工具，而且是文化的载体，是一个人的根，它能帮人们找到自己的归属感，帮助人们了解"我是谁"。汉族文化原本像舌尖上的美食一般多姿多彩，若我们把它经营成连锁快餐店的模式，岂不千篇一律。谈何传承？谈何发扬？谈何生命力？

至于文学，所关注和包含的面域比语言更为广义，包括全人类全世界甚至地球与人类以外的一切有知或未知的事物。然而，在大爱之前我们必须先关注小我。作为一名文学工作者，有责任把当地社会结构特色和人伦常理、人文人性呈现，给本地与外地、本国与外国的读者，这就是文化的传承，这就是文化的发扬，这就是文化的生命力。

再次重复前面所说，一方水土一方人。无论语言、文字、文学、文化，若是采取那种矫揉造作投怀送抱的态度，甚至失去自我去取悦和复制，岂不成了文娼？何来特色可言？

这也就是我今天想说的地域与乡愁的部分元素，没有地域文化的差异，也就失去了乡愁。

地域文化的差异和距离令作家和诗人笔下生花，任何人都有责任保护之发扬之。

最后，以古今名句来结束我今天的讲话并唤起大家的乡愁：

"露从今夜白，月是故乡明。"

"春风又绿江南岸，明月何时照我还？"

"八月洞庭秋，潇湘水北流。还家万里梦，为客五更愁。"

"小时候，乡愁是一枚小小的邮票。我在这头，母亲在那头……"

王良和

原籍浙江绍兴，在香港出生，毕业于香港中文大学新亚书院中文系，香港大学哲学硕士，香港浸会大学哲学博士，现任香港教育大学文学及文化学系副教授。曾获第七、八、九届"青年文学奖"，第三、四、六、八、十一届中文文学创作奖，1983年度大拇指诗奖，第一届香港艺术发展文学奖新秀奖，第二届香港中文文学双年奖新诗组首奖及散文组推荐优秀奖，第七及第十三届香港中文文学双年奖小说组一等奖。著有诗集《惊发》《柚灯》《火中之磨》《树根颂》《尚未诞生》《时间问题》，散文集《秋水》《山水之间》《鱼话》《女马人与城堡》，小说集《鱼咒》《破地狱》《蟑螂变》，评论集《余光中、黄国彬论》《打开诗窗——香港诗人对谈》。

文本与城市生活

■（香港）王良和

香港不少作家擅写城市——他们感受最深的城市"香港"。我尝试以三位具代表性的香港作家西西、黄仁逵、梁秉钧的作品，谈谈他们如何运用新颖的手法，通过一些人、一些事，甚至一条街道，书写生活在这个城市中的感受和思考。

西西的短篇小说《碗》，以第一人称、交叉叙述的手法，通过余美丽、叶蓁蓁具对话关系的四段内心独白，交代二人不同的买碗理由，藉此探讨生命的本质、不同的价值观与生活取向。余美丽和叶蓁蓁都生活在城市中，前者具大学学历，过上流社会生活，平日喜欢和朋友谈论插花、钻石、地产、股票，对妇解、社会责任、经济形势又十分留意；女儿学跳芭蕾舞、弹钢琴。合而观之，余美丽可说是香港上流社会某种典型的阔太形象。叶蓁蓁师范毕业，过着平淡朴素的生活，不重物质享受而重精神生活，提早从小学教席退下来，更好地读书、学习，观察自然、欣赏自然。她们的碗，一名贵、美丽、易碎；一普通、笨重、坚实，两只碗象征了二人不同的生活取向、生命"质地"。西西通过叶蓁蓁碗中所养的金鱼暴食致死，提醒余美丽无止境的物欲追求会伤害生命；而叶蓁蓁把养过死金鱼的碗扔掉，象征她拒绝这种不知餍足的生活。小说背后，可见西西思考七八十年代，越来越城市化、物质化的香港，某种追求物质享受、名牌、社会地位的价值观，如何扭曲人心，使人心灵异化。小说结尾，一片落叶引领"我"（叶蓁蓁）仰望，看到"没有翅膀但会飞翔的云层"。生活在容易使人异化的城市（香港）中，西西提醒我们要亲近自然，追求心灵自由，"寻求如何存在"。

黄仁逵的《城市传奇》，是只有四百字的极短篇（收入此篇的散文集《放风》，获第五届香港中文文学双年奖），描写一个小人物"余老炳"在天桥底卖卤水蛋，连盖子都没有打开，结果一只蛋都卖不去，转而当银行护卫员，却被经理批评"拿枪的把式始终似土匪多过似护卫员"。余老炳是个"敬业乐业"的人，下了班，在家中拿着扫帚在全身镜前晃来晃去练习怎样拿枪，翌日在枪铳里放两颗玻璃弹珠，枪与地板永远保持九十度，人实时登样起来。文章突然如此收笔："银行劫匪被捕时，那人笑得眼泪都迸出来了，银行里只有余老炳一个人明白劫匪为什么会大笑着被押走。"黄仁逵运用电影剪接手法，剪去一个片段，使每一个读者读到此处都要作一次导演，在脑海中自编剧情，填补空白。他运用"差利式的笔法"，先让读者享受阅读之"乐"，在笑中深化感受、思考。题目是"城市传奇"，显然，黄仁逵暗示，在急功近利、讲求"捞世界要醒目"的城市（香港）中，竟然还有余老炳这种不知变通、不够醒目、戆傻乎乎（愚拙）的小人物，真是"传奇"。黄仁逵没有对余老炳作明显的褒贬，但读者多读此文几遍，还是会感到黄仁逵对这类"不怨天，不尤人""生计垮了马上转行""敬业乐业"的小人物怀抱温暖的感情，也对具有这种素质的人，在这个城市中越来越稀少，以至成为"传奇"，感到惋惜。

梁秉钧任后期《中国学生周报·诗之页》主编时，除1974年6月20日第1126期外，每期都有他的诗，而且几乎全以香港的地区、街道、都市风貌为题材，题目也都显见本土色彩。例如《傍晚时，路经都爹利街》《罗素街》《拆建中的摩啰街》。这些街道诗，后来连同其他写香港风貌的诗，以总题《香港》收入梁秉钧第一部诗集《雷声与蝉鸣》。

在《电影和诗，以及一些弯弯曲曲的街道》中，梁秉钧不但说自己喜欢在街上闲荡、通过街道认识现实世界，更明确谈到创作《香港》这组诗的背景、创作上的艺术意图：

香港在六十年代逐渐发展成一个工商业都市，走在路上，我自然想：怎样理解这都市，又怎样理解我自己的处境？看别人写其他地方、其他处境之下的人的感情，未必完全适合我。后来大概是在这样的想法下摸索写出《香港》那一组诗，学习不带成见地观察，从头写出当时置身在香港的种种复杂感受。当时被一些人批评为"摄影诗"，其实反而是从中国古典山水诗和咏物诗得到启发，想以中国文字含蓄而富于弹性的特质，写现代都市的情怀；因为不想概念先行，才以镜头调度、映音搭配去探索。[①]

《傍晚时，路经都爹利街》，题目突出"路经"，但诗中的游者观察事物之细致，无形中呈示了一种对待日常事物的态度：无心的、路经的时刻，也要处处留神，平凡的事物自有可观的趣味，等待我们发现。又例如《罗素街》，起笔与中幅都强调"路上永远的潮湿与泥污／使一个匆忙的路人／难在……移前"，但偏偏诗中描写的事物如此细致，镜头移动如此缓慢，好像在路人急匆匆的时刻，生活中的万事万物更热切地期待我们注视的目光（围拢过来），仍有可发现之处。

上述的街道诗，全部不着一个"我"字，表面上"无我"，实质是主体隐藏，藏在"摄影机"的背后；诗人对物像作凝神的注视，主体的眼睛变成摄影机的镜头，不干扰物态，让

---

① 集思编，《梁秉钧卷》，香港，三联书店，1989年，第1—2页。

事物自行兴现。而梁秉钧正汲取了山水诗这种把场景打开后，主体隐退在一旁，"让读者移入，获致场景如在目前的临场感"的技巧。

在探索、理解香港都市化过程中的转变，梁秉钧一直没有忽略生活在其中的人，《傍晚时，路经都爹利街》其实可以全面"物化"，但诗人还是写到了"四个印度人坐在甸那行前 / 絮絮地谈进夜去"这样有人气的一笔。《拆建中的摩啰街》镜头一开，就摄进了一个蹲在路边的老人：

> 正午的太阳照着
> 一个蹲在路旁的老者
> 铁灰色的佝偻的背
> 污水淹至他的后跟

梁秉钧以新颖的技巧，通过书写寻常街道、平凡人物，表达了自己对香港这个城市的关怀、生活在其中的感受。

"地域与乡愁"

1974 年 8 月，台湾著名诗人余光中，应聘香港中文大学，任中文系教授，在香港住了整整十年，写了一百九十一首诗，收在《与永恒拔河》《隔水观音》和《紫荆赋》这三本诗集。这阶段的作品，诗人自己、评论者都称为"香港时期"。

"忧国怀乡"是余光中诗歌的母题——自 1949 年随父

母从大陆逃难到香港，五零年赴台湾，此一去断母土，如弃儿、如放逐浪子的离散经验，成了余光中"一痛不合的旧创"①，并在1964年巡回任教于美国伊里诺埃、密歇根、宾夕法尼亚等大学，放逐感激化时趋于明显，"忧国怀乡"之情在中期的诗集如《敲打乐》《白玉苦瓜》中尤其强烈。余光中"香港时期"第一本诗集《与永恒拔河》紧承《白玉苦瓜》，"忧国怀乡"仍是抒情的重心。

余光中移居香港之初，因香港在地理位置上贴近大陆又靠近台湾，使他"时时北望而东顾"②，他这样观照香港的空间位置与书写两地情的关系：

> 在某些情况下，香港在大陆与台湾之间的位置似乎恰到好处——以前在美国写台湾，似乎太远了，但在香港写就正好，否则第三辑中的作品就会少些；以前在台湾写大陆，也像远些，从香港写来，就切肤得多，否则第一辑不会这么多产。③

其实这只是地图上空间与方位意识的宏观反映，落到细处，我们还可以说，"香港"对余光中两地情的"刺激"，更多缘于中文大学的环境——吐露港森森的烟波，起伏的浪涛

---

① 《台风夜》:《与永恒拔河》，第5页。
② 《后记》:《与永恒拔河》，第202页。
③ 《后记》:《与永恒拔河》，第202页。

与潮声，使作者的思潮拍向东北方海水相围的台湾岛；中文大学山下的铁路，连起了大陆与香港，南下北上的列车、铿铿的车声，和诗人乘车的感受，都足以兴情，引起联想，激发乡愁；① 而移居远地，长途电话、书信，就成了连系三地情的事物，从生活进入诗作。所以余光中"香港时期"第一本诗集《与永恒拔河》，题材与联想，多离不开上述的空间经验和人情物事，形成诗歌创作中有意味的空间网。当然，强烈的创作内驱力，是余光中二十多年来对故乡的情意结，以及初到香港的羁旅愁情——最早创作的诗《台风夜》，黑潮澎湃，风雨摇撼，使诗人"枕来枕去不安稳"的天气背景，其实正是诗人的感情、心理背景。对一个地方的疏离感，使他更想回归母体；中文大学山下的铁路，在想象上也就轻易转换成联系母体的"脐带"，供诗人不断"追认母亲"。因而，"香港时期"的"早产"之作，套用余光中自己的话，"所写的香港滋味只能算是大陆的余味"②。

余光中在香港写的怀乡诗，因空间上的距离拉近，触动诗人的山水环境、实事实物较多，远距离借助黄河、长江、

① 余光中在《火车怀古》中，形容这是"美丽的双弦"，一呼一应，"外弦是海的脉搏，早潮又晚潮"，"内弦是香港紧张的节拍"，"用铁轮在钢轨上来回地敲打"（见《紫荆赋》，台北洪范书店，1986 年，第 144—145 页。）在散文《沙田山居》中，又说："山下的铁轨向北延伸，延伸着我的心弦。我的中枢神经，一日四十多次，任南下又北上的千只铁轮轮番敲打……"（见《春来半岛》，第 66 页。）
② 《回望迷楼——〈春来半岛〉自序》：《春来半岛》，第 iii 页。

长城这些充满中国文化指向的意象，相对减少。《旺角一老媪》之由老媪的乡音联想到"唐音宋调""周稼汉耕"，也是由乡音的"乡"和老媪这个"老"的形象，成为触动诗人乡愁的中介，而他的乡愁呈现的还是一种共相，老一辈中国人的集体记忆，甚至是一种乡愁的想象——"每个老妪在灶下，井边／乡音婉转依稀那神情"[1]。这种身在边缘（香港），而心系中原（大陆）的情感，使余光中在香港初期所写的怀乡诗，有点像从红磡开往广州的直通车——香港是起点，甚至使人以为他在写香港，但发展下去，还是以感情上的神州作为终点站。套用余光中《战地记者》一诗的意象：

千回万转总指向北方

像颤颤的磁针向强力的磁场

故乡，赫然在准星上[2]

"千回万转"意味有一曲折发展的过程，"强力的磁场"影响和制约感情的方向，"故乡"则是感情的归向、磁力的来源。指针指到"故乡"就停了，故乡只是一个大的情结。我们较少见到余光中继续让这列火车开行，更深刻地探挖自己情感之根，书写忧国怀乡的实情；而往往表现为"指北针"一般的心向，或连系到诗人的"童年"。

---

[1] 《与永恒拔河》，第13页。

[2] 《与永恒拔河》，第22页。

谢越芳

女，生于浙江杭州，后移居香港。作品包括
小说集《欲·憨·色——高头巷的故事》《红
粉奇缘》《红颜》，纪实文学《燕子的梦》《落
红何价》《海娟的幸福梦》《青衣祭》《老兵》
《智慧藏民间》等等。

内地与港澳的文学对话

■（香港）谢越芳

很高兴，能参加这个文学交流会。很久没有写发言稿了，有点陌生。

本人觉得，文学的土地就是生活。一个写作人的故事灵感绝大多数都来源于生活。（别人不知道）至少本人就是如此。所以，现实生活就是文学作品的土壤和养分。小说是平凡的，是老百姓的故事，也透着生活的哲理。写作是对过去的怀念，将人间故事凝于笔尖。对平凡事的一个个感悟而生成一段段小说文字。同时体现了一个时代的风貌，社会现象，文化伦理……

"乡愁"是人们离开那片生养自己的土地才滋生出来的。当一个人离乡背井，便会无端生出许多乡愁。

"乡愁"是梦，是远去的年轮，是时光流彩，在午夜里魂牵萦绕。正如我：生在杭州，长在浙江。二十出头来香港定居。故而，逢年过节，儿时的生活画面像电影，在脑海里一遍又一遍地"放映"。无法抹去的记忆，她美好又缠绵，是永久的相思，也是永久的甜蜜和愁怨。无论走得多远，岁月多么地漫长，却难忘三月的烟雨江南，盛夏的满池荷莲，深秋的那一枚枚枯黄的落叶，寒冬的一片落雪美景。永恒的"乡愁"。

叶德平

福建南安人，香港作家联会会员、香港历史文化研究会副会长、香港学者协会会员、香港中文大学专业进修学院讲师。

从 2010 年起，先后为多间大专院校编撰教材，并出版了多本以中学生为对象的语文书籍，如《读写策略》《中学生必读诗词》等。以外，主要研究范围为香港历史文化、宋代文学与禅诗。三年间，走访了"东江纵队港九独立大队"老战士，把他们的故事编撰成书，写成了两本以香港抗日战争为题的书籍《围城苦战——保卫香港十八天》《战斗在香港——抗日老兵的口述故事》。作品《树茂发奇香——消失中的香港客家文化遗产》即将出版。

地域与乡愁

■（香港）叶德平

余光中说："乡愁是一枚小小的邮票。我在这头，母亲在那头。"没有地域阻隔，便没有乡愁。香港与泉州相距七百公里，小时候回乡，都得花上十二小时，所以好不容易才回去一次。然而，我的乡愁并不浓重。有一段时间，甚至，我以为我不会有乡愁。

上世纪八十年代的一天，母亲背着我，从乡下到香港，跟父亲团聚。父亲是一个典型的福建人，年轻时就偷渡到香港打拼，几乎什么工作都做过，存了一笔钱以后，就回家娶妻，然后生了我。跟所有福建人一样，父亲很重视家乡的根，从来，都只把自己当成香港的过客。

我生下来不久，父亲就开始在家乡建房子。祖父说，要是你这一胎生下来不是儿子，父亲就不会盖房子。小时候的我听着，半懂不懂，只知道父亲很疼我。后来，我理解了，父亲希望嫡长子能为他守着家业，让这栋祖厝（闽南方言，意思是祖屋）连系香港与家乡。

祖厝，除了头两年外，大部分时间都是空着的。

除了一年一次回乡扫墓，父亲稍住三四天外，我们都很少回去。日常，只有堂叔偶尔打扫一下。看照片，方知我在祖厝大概住了一年，然后我就跟着母亲移居到香港。本来，我应该对它很有感情，毕竟，它是因我而来；然而，我再怎样回忆，都记不起当年的岁月。

或许，我太善忘；或许，我太无情。总之，我是从一张张照片认识它。

这三十年，我与弟妹只回来了十次。十次，其实也只是一个虚数。虽然，它是花了父亲一辈子心血建成的。

小时候，家里的环境并不好。记得，四岁那年，父母甚至为了十元而吵了一场大架。大概，我印象中的童年，家境并不好。尽管入不敷出，父亲还是坚持要盖房子。我刚出生不久时，父亲钱不多，只能将就地盖了一层，让我跟妈妈好歹有个地方住下来。后来，我的妹妹、弟弟接续出世，父亲想我们回去后，能有足够房间可以居住，所以把房盖成两层。后来，祖父病了，父亲不知从哪里听来了一个说法，要多盖一层房子才能让祖父痊愈，于是他又盖了一层。十几年来，父亲天天都工作，几乎没有跟我们去过哪里。看着他勤做省吃，不停地工作，却把金钱花在这遥远的空房子上，我除了怨恨它外，我什么都做不到。甚至，我曾经怀疑，父亲不过想在家乡炫富。

九岁，应该是九岁那年，我不情愿地跟着爸爸回去。

站在祖厝的天台上，我放眼望去，找不到一点回忆。这真的是我童年出生的地方吗？为什么我总觉得跟它没有关系，甚至不想有关系。

香港的小学大都用粤语授课，同学们也是用粤语来沟通。我的粤语不是一直都标准。刚进小学的时候，我一口福建乡音，同学们都叫我"大陆仔"。纵使他们没有恶意，但是我却一点都不好受，始终我跟他们都不一样。

为了不让自己不正常，每一课我都认真去听，认真地大声朗读。刚开始时，我的口音总是课堂的一大亮点——千奇百怪的声调，成为了同学课余的谈助。

在同学的眼中，乡下来的，都是穷人。本来家境就不太好，我更不想被同学标签，于是我努力抹去这乡下的烙印。幸好，到了三年级的时候，我终于成为了香港人。

成为了香港人后，家乡的种种，我都看不顺眼。那些年，家乡的环境不好，其实内地普遍环境都不太好。回乡的时候，母亲总爱把家里用不着的东西都拉回去。三洋机、旧卡式带、破衣服，父母一袋袋地运回去，而小时候的我也只好不情愿半提半拉地帮忙带着。

落后、贫穷是小时候的我对乡下唯一的印象。也因为这样，我肯定了我是香港人。

到了中学的时候，我学会了反叛，学会了拒绝，学会了不再理会乡下的种种。我没有乡愁。就算有，也只是父母强加在我身上的。

直至那年外婆病逝了，我才再次回到家乡。

外婆很疼我，常常来香港看我，到现在，我还能记得她用闽南话叫我"德平仔"。那声音，无论隔了多少年，我还能清楚地记着。或许，我长大了；或许，因为文学让我多一份温情；又或许，我太想念外婆了。泪水之中的家乡，多了一份我从没有发现的亲情。看着外公，看着舅舅，我觉得他们苍老了许多。他们看着我回来，顾不及手上的工作，都跑过来，拉着我手。外公说腌了一大坛油柑子，舅舅说已预备了一大袋的猪肉丸让我带回家。看着他们，我一句话都说不出，只有不停地流着泪。我已经不知道是为了外婆离世而哭，还是为了这曾被我撇下的乡情而哭。

乡愁，一条连系两个地域的纽带。曾经，我把它剪断；后来，我才知道剪不断理还乱。小时候，害怕乡音无改，巴不得把这烙印在我身上的痕迹消去；可是，当它消去的时候，皮相虽去，情感却是难以磨灭。

我继承了父母的祖厝，也继承了父母的乡愁。

文本与城市生活

曾几何时，香港只是今日港岛上的一条小村落，不为人所知[1]；然而，两百年后的今日，香港却蜚声国际，成为了现

---

[1]　翻开明代万历年间的《粤大记》的沿海图，我们可以看到"香港"只是今日香港岛上七条村落之一。当时，"香港"并非用来指代今日包括新界、九龙、香港的城域。

代城市的典范。

旅客对香港的印象大抵离不开吃喝、购物与夜生活；"城市生活"成为了香港对内对外的品牌。

所谓"城市生活"、所谓"香港品牌"，按香港旅游业发展局说法是由四个"品牌DNA"组合而成，包括：精彩不息、多元紧凑、潮流尖端、迷人对比[①]。前三者，都是"城市生活"必不可缺少的元素——精彩的夜生活、多国文化的融合，以及摩登时尚的社会。

可惜，人们对香港的印象也到此为止。

在城市生活的光谱下，"消费"仿佛成为了香港的唯一。

香港只有城市生活？

谁会想知道，谁能放慢脚步，看看这城市的另一侧？

旅客不会，甚至连本地人都不会。

这个城市并非在1842年凭空出世。在两千多年前的秦汉，此地已有文献记载。到了一千年前的宋代，香港甚至是我国南方重要的盐场，盐产供应广东省及其附近省份[②]。三百

---

① 精彩不息：在香港这个活力十足的不夜城，时刻都能带来新鲜不同的体验，让旅客尽享日与夜的精彩。迷人对比：中西古今、城市郊野、种种对比强烈的元素在香港相互碰撞、影响，既有火花，也能并容，给旅客无限的惊叹。多元紧凑：旅客在香港，能以有限时间享受多种不同的体验！因为没有一个城市像香港一样，拥有如此丰富多元的旅游体验，而且都近在咫尺。旅客可以轻松、快捷又安全地畅游，随时发现新惊喜。潮流尖端：走在时代尖端的香港，汇聚世界潮流与各地精华，同时也能创造出与众不同的自我风格，为各地旅客带来酷炫的产品和体验。
② 时称"官富盐场"。

多年前，康熙复界，大批福建、广东居民移民香港。一百多年前，英国人以武力割据香港，带来了西方文化。

香港只有城市生活吗？

香港除了城市生活，也有乡郊慢活；除了消费，也有历史文化。

盐田梓位于西贡海上的一个小岛，与滘西洲以一道"玉带桥"相连。它是一条陈姓的客家村落。十九世纪陆续有村民迁入，早期以盐业为生。作为香港第一条"教友村"，盐田梓于十九世纪下半叶至二十世纪初期可谓名噪一时。可惜于二十世纪下半叶，基于种种原因，盐田梓逐渐凋零，现时已经再没有村民定居。

于盐田梓长大的杰仔，五年前有感于自己成长的这块土地一瓣一瓣地凋残、一天一天地陌生，因此从内而外，呼唤回忆——客家圆笼茶粿。一底不过两呎直径的圆笼茶粿，盛载着杰仔对族群的厚爱，同时也让世人认识这条传奇村落。因缘际会，本来只作壁上观的我，农历年前忽然做客盐田梓，一手一脚地做起圆笼茶粿。

茶粿是客家人的传统食物。因为客家人常常伴茶而食，所以多称呼这种小食为茶粿。除了日常食用外，客家人也会在节庆时候，以圆形的竹笼制作体型较大的茶粿，这就是圆笼茶粿了。圆笼茶粿的材料相当普通，无非粘米粉、糯米粉、黑蔗糖、红片糖、水等，然而"功夫"却别是困难。搓粉、劈柴、守夜都是最辛苦的过程，无一样是省时省力的功夫。往昔，杰仔一人扛起所有工作，斩柴、搓粉（二十包糯米粉、五包粘米粉）、添水加柴十五小时；而今，热诚感动了他人，感动了我。

电影《一代宗师》中，叶问一句"念念不忘，必有回响。有一口气，点一盏灯；有灯就有人……"，可借用来道尽杰仔的坚持。也许，"念念不忘"造就了我们的相遇；也许，"念念不忘"让五年前的一个茶粿，变成现在的三个。也许，杰仔没有想过"也许"，他只是做着一项他认为是理所当然的事。然而，这却成为了黏合剂，让每一个孤立的个体走到一起。记得那晚一同等待着添水的下一刻，闲聊间杰仔这样说："我想搞返好条村，要搞好条村，俾多点香港人知，香港唔只有高楼大厦。"①

这句看似无关痛痒的说话，却蕴含着他无比的善良和热情。

香港真的只有城市生活吗？

---

① 这是粤语，意思：我想振兴这条村落，让多一点香港人知道，香港不只有高楼大厦。

周洁茹

女，生于江苏常州。历任香港作联《香港作家》副总编辑、编委。1991年开始写作，在《人民文学》《收获》《花城》《钟山》等刊发表小说一百余万字。小说被《小说月报》《小说选刊》等刊转载。出版长篇小说《中国娃娃》《小妖的网》，小说集《我们干点什么吧》《你疼吗》，随笔集《天使有了欲望》等十余部。1996年萌芽新人小说奖，1999年常州戚区宣传部调职常州市文联专业作家，2015年出版随笔集《请把我留在这时光里》，2016年出版长篇小说《岛上蔷薇》、随笔集《我当我是去流浪》、小说集《到香港去》。

在香港

■（香港）周洁茹

夏天的时候，我去了童年好友现在居住的地方，屋岛。屋岛是属于香川县的一个地方，香川县在整个四国来说也算是比较重要的县，因为有一个小小的高松机场，这个机场终于在七月的时候有了往返香港的航班，再早一点的时间，这个机场连去上海的飞机都没有，我的朋友如果要回中国，就得开四个小时的车去大阪搭飞机，或者去神户，那儿有去中国的船。四国又是什么地方？四国这个地方香港人都不去的，香港人宁愿去离福岛很近的熊本也不去四国。至于北海道和东京那些，到了节假日基本上就是香港人的后花园了。于是我都没有去。我后来去到了关西，我在奈良待了三天，我还是没有去大阪或者京都。那些地方，就是日本的大城市，现代城市或者古代城市。我已经很厌倦城市。

我在屋岛很舒服地住了大半个月，把朋友家门口的馆子每一个都吃了十五六遍。是的，因为是屋岛，按照她自己的说法，她就是住在了日本乡下的山里面，所以她家门口的餐馆都不是那么多，唯一的一家拉面店，我们去到第三次的时候服务员就认出了我们，还送了棒棒糖。

所以我的这一个夏天，其实哪儿也没去，即使是去了一下四国，我也不是去旅游的，我是去住的。住，这个字，意味着什么都没干，没有海滩，没有游泳衣和太阳眼镜，没有修过的美女照和美食照发朋友圈，住，就是生活。我在美国生活过，加州，柏拉阿图那种安宁的小镇，纽约，那种毫无争议的城市标志的大城市。我在香港也生活了将近十年，可是我不知道内地的大城市是什么，我没有在内地的大城市居住过，北京和上海，似乎对于这两个地方来说，其他任何地方都只是乡下。我出生并且度过前半生的地方，就是对于上海来说的一个乡下，常州。我年轻的时候很喜欢写常州，写这个小城市和生活在这个小城市里的人和事情，我也没有别的东西可以写，我又没有去过别的地方。所以一位上海的编辑老师就讲说，你的东西不时髦啊，你得写城市，城市晓得哦？那个时代是这样的，那些压力导致很多跟我一样的江浙女作家，非得说自己其实是在上海出生的，或者她的童年就是在上海度过的。你有个上海亲戚，你的小说就有了上海心了？我很怀疑这一点。我后来写作就很注意方向，我写过《到上海去》和《到南京去》，因为现在居住在香港，又写了《到广州去》，这些地方，对于我来说，永远是去，而不是来。如果你看到有谁写过《在南京》或者《在北京》，那么他的现在感真的是很强烈的。

从四国回香港时，我竟然有一点失落，当然也有可能是与童年好友离别，下一次再见不知是何年，我们的分离曾经是连续的十年，杳无音讯的十年。我从美国到中国内地，我从内地到香港，可是从来不曾失落。第二天是礼拜六，我穿过一个天桥去汇丰银行，天桥上全是人，左边是人，右边也是人，前边是人，后边也是人，我夹在人和人的中间，不能快一点，也不能慢一点。我尝试突破了一下左边，又突破了一下右边，但是人和人并排着，走着，说说笑笑，完全不给我一点点机会。大家的手臂都在前后摆动，有的角度到达了一百八十度，那些手臂不断地打到我的肚子，手臂的主人也没有空回头看一眼。真的，太多人太多人了。

我突然意识到，我在香港。

寂 然

原名邹家礼，澳门大学中文系毕业，中国作家协会会员，澳门笔会副理事长，《澳门笔汇》执行编辑、《澳门日报》专栏作者。结集出版的作品包括小说集《月黑风高》《抚摸》《救命》《有发生过》，与林中英合集之《一对一》，与梁淑淇合集之《双十年华》等，另著有散文集《青春残酷物语》《阅读，无以名状》。

城市就是文本

■（澳门）寂　然

我来自澳门特别行政区。虽然这是一个规模很小的城市，但她的特别之处，可能足够我用一生的时间去书写，而我也愿意这样做。

大家都知道，澳门是个赌城，正如大家在很多影视作品所见到的，澳门有很多华丽的酒店，五光十色的赌场，可能大家会以为这个小地方充满冒险故事，但那显然只是片面的描述，是外地人看澳门的感觉，是没有深入了解澳门的历史与文化而作出的结论。所以我今天在这里，特别想跟大家说，其实，澳门是一个有文化、有文学、有故事的地方。

虽然长期在澳门生活，但我经常阅读中国作家网、《文艺报》《作家通讯》，而且我们到珠海，过关之后走路五分钟就到书店了，我们对中国文学发展的了解也是实时的，没有阻隔的。

今日的题目是"文本与城市生活"，在我看来，城市本身就是文本，我是一个写作的人，虽然在澳门这个小地方生活了几十年，对于她的一切，应该相当熟悉。但其实只要细心观察，这个城市一直在变化，不断有新的事情在发生，像一本故事书，让人一直追看下去。在追看的过程中，我也做记录，把快将消失的风景写下来，用我的文章或小说，跟这个城市对话，记下这个城市在不同发展阶段所产生的喜、怒、哀、乐。

说到喜、怒、哀、乐，其实这些感情元素，在全世界都是相通的，可以打破地域界限，一如我不是北京人，但读到老舍的小说，我会明白老北京的情怀；我不是上海人，但读到张爱玲的文章，会了解上海的气派；我不是山东人，也没有到过高密，但读到莫言的小说，我好像去过好多次了。我希望有一天，我们澳门的文学作品也可以让更多外地朋友对澳门产生兴趣，了解澳门民众的生活细节，并且吸引大家来澳门走走看看。

澳门的文学作品，主要发表在《澳门日报》《澳门笔汇》，近年也有不少作家喜欢在网上发表作品，但因为面向本地，出版发行仍未发展成熟，大多数作品都只能局限在本地市场，较少机会向外推广。

文学与城市生活是密不可分的，澳门回归以来，特区政府对文学的支持不遗余力，同时在中国作家协会的协助下，澳门作家也有机会与各地的写作朋友学习交流，这对于正在成长的澳门文学来说是非常贴心，非常重要的。

我一直认为，在城市生活中，人们总会需要文学的，即使在金钱挂帅的澳门也不例外，人们通过阅读文学作品，找到自己对城市的感情，更有人以自己的书写，把这个城市善与恶、美与丑、罪与罚，写得入木三分。我是一个文学的初学者，虽然已经年纪不轻，但我希望继续学习，为我所爱的澳门再写下去。

最后，衷心感谢主办单位和各位作家前辈。

廖子馨

女，文学硕士，现任《澳门日报》副刊部常务副主任，文学版主编。澳门笔会秘书长，澳门文学刊物《澳门笔会》编委，《澳门日报》副总编辑。1989年开始发表作品。2009年加入中国作家协会。著有文学评论集《论澳门现代女性文学》、散文集《七星篇》《美丽街》。小说《命运——澳门故事》《奥戈的幻觉世界》。作品获1996年第二届澳门文学奖小说组冠军，1999年第三届澳门文学奖小说组优秀奖，2002年第五届澳门文学奖散文组冠军。

"文本与城市生活"点滴

■（澳门）廖子馨

一 文学记录时代的变迁，反映不同社会风情

文学作品历来具有记录时代变迁的作用。古今中外，不同时代不同社会现况，都在文学作品里得以呈现。

以二十一世纪作为界线来划分，可以看到澳门文学在都市文学创作上的明显区别。七十年代末至九十年代都是平和温柔的，其实社会经济发展缓慢，仍处于小城市形态，民情朴实，文学作品的格调普遍温情脉脉；2003年赌权开放后，社会形态巨变，文学作品的温情意识开始淡薄。

二 作家如何阅读城市，决定其如何描述城市生活

不同年龄层、受不同教育程度的作家，生于斯长于斯以及移民作家，对身处的城市自然有不一样的阅读方式、家园情怀亦异。

二十一世纪的澳门文学有了不一样的面貌。由于澳门经济的快速发展，数年间便步入国际都会的行列，所有熟悉的景物人情都在变化中，作家笔下的城市生活便有了极大的转变，创作出不同的城市意象、城市语境，呈现都市百态。（以李宇樑、李尔、寂然、太皮如何以小说来书写都市为例。）

三 重组逝去的城市风貌，是作家对旧家园的缅怀

当一座城市进入国际都会区域后，当全球化氛围越来越浓烈，以至许多城市开始缺乏个性、开始雷同的时候，作家们便开始掀起怀旧之风。该怎么表达怀旧情怀不流于俗套，成为了当代作家比拼技巧的场合。

虚幻式、类魔幻的手法，似乎是小说家们最擅长的手法。台湾吴明益《天桥上的魔术师》是这类小说的典范。澳门的作家太皮，其"木屋系列"小说也是采用虚幻化创作手法，来重构逝去的童年生活的朴实，缅怀旧时光里虽贫穷却人与人之间关系亲和、物质贫乏却有美好的精神家园。

吕志鹏

生于澳门。博士毕业于华东师范大学中文系。曾获得澳门五月诗社新诗赛奖、澳门文学奖、澳门艺术节征文奖、澳门中篇小说奖、BENQ电影小说奖等。作品有小说《异宝》《小店》《在迷失的国度下被遗忘了的自白录》，诗集《黑白之间》，专题研究《澳门中文新诗发展史研究 1938—2008》及作品选集《甲子之路——〈澳门学生〉文学作品选辑》等。

从《红豆》看城市生活

■（澳门）吕志鹏

《红豆》出现于二十世纪六十年代，这时期澳门文学已逐渐走向稳定的发展之路，社会，以至促使主题走向离开战争革命旋律而趋于多元。此外年轻一辈主要还是受汉语教育，对中华文化的传承较为肯定，所以汉语新诗的写作得到发展的机会。至于创作园地方面我们可以看到不错的发展趋势，而《澳门日报·新园地》亦开始日渐成熟，再加上重要刊物《红豆》的刊行，澳门新文学的发展相对比较活跃。

虽然澳门由五十年代后期开始，面临了巨大的文化抽空状态，但因经济、政治及地缘的不同，两处地区形成了迥异的发展道路。澳门文学在一元环境下较为静态地发展着，它既没有成为角力平台的经济物质条件，亦没有走出新发展步调的能力，没有太大的外来文化冲击和交锋，澳门诗人花了更大的精力去关注自身的城市和本土。一些心系故国，伤秋悲月的作品，如：

胡尘飞不到青洲，篱下栖迟一角楼；

岁入中秋催晚景，人看孤月动乡愁。

八旬母在身仍健，三载蛮侵世并仇；

默祝上苍扶正气，止戈早日定神州。

——李供林《中秋夜青洲寓楼作》

这类型的作品已不多见，此外，六十年代也不是移民本澳的高潮段，尤其六十年代的前半段反而回祖国建设才是热潮，故一些诸如八十年代的"老荔枝树挑起发青的月牙儿／石板路在幽深的小巷里折断／没有窗户的土墙透出洞箫声／盲眼的老乐师又思念亡妻了"（高戈《梦乡》）和"纵使凭光速一跃千年／历史都在档案里发霉／草堆街一折存放于／古老祠堂的封尘家谱／借一脉血缘涉足其间／都得为乡愁解剖"（陶里《草堆街》）那种对故乡的思念和愁绪，这时期还真不多见，而在《红豆》中我们可以看到什么，就是一些新的城市生活描写。《红豆》第一期的出版时间是 1963 年 5 月，上标有"青年文艺月刊"，由红豆出版社出版，据陈渭泉及尉少奇所述这是当时"澳门本土唯一油印文艺杂志"①。《红豆》的出现跳出了由副刊引导发表的主潮，它是六十年代一本重要的文化刊物，吸引和凝聚了相当一部分有实力的作

---

① 陈渭泉，《红豆之忆》见于《澳门笔汇》第三十七期澳门笔会出版，2008 年 12 月，第 22 页。

者，亦同时为日后青少年的成长埋下了重要的写作种子，而且《红豆》与一般的副刊园地及刊物有一个最大的分别是这里发表的作者基本上是澳门本土作者。而在《红豆》创办和发展上最为积极投入的应算是尉子和许钖英，由于他们有编辑《学联报》和《澳门学生》的经验，故对出版的事宜比较熟识，质素亦相对比较有保证，此外据东山所述，"参与者还有李自如、李来胜、张金浪、李艳芳、陈渭泉、何汝豪、韦汉强和陈炳泉等"①，内里既有教师，亦有工友。《红豆》是本文艺性月刊，它通过各种形式的文艺作品，如实地反映我们周围的生活，尤其是我们年轻人的思想生活。因此它是"青年读者们精神生活的良伴"②。这里我们不单可看到杂志定名的来由，同时亦清晰了杂志的方向。由1963年5月正式刊行开始，杂志主要供澳门本土学校和社团免费取阅，最初为十六开本，后来再改为八开，至于页数方面"第一期有十二页，第二期有十六页，第三期至第八期则增至三十二页……新六期（即第九至十四期）每期页数为二十"③，内容则包括了小说、短剧、新诗、散文、专题特写、艺术介绍和漫画等。后来由于主力参与者许钖英身故，加上成员因工

---

① 东山，《恋恋难亡的〈红豆〉》见于《澳门笔汇》第七期澳门笔会出版，1994年5月，第110—111页。

② 《红豆·发刊词》见于《红豆》第一期红豆出版社出版，1963年5月，第1页。

③ 陈渭泉，《红豆之忆》见于《澳门笔汇》第三十七期澳门笔会出版，2008年12月，第22—23页。

作离开澳门，由 1964 年 8 月《红豆》开始停刊，共出版了十四期。《红豆》作为六十年代的新文学杂志，是一次重要的文学意识的集结，与三十至五十年代由"植入"文学所组织的时代主题性的活动有所不同，从文化意义上来说，《红豆》代表着澳门出现了一批关心澳门本土文学创作的文化人，而且他们对澳门有切近的体验，在本土经验的积累下，题材上有所开拓亦渐见多变，并不再单纯是中国式的，还有不少澳门的城市色彩。

如在《红豆》中就有不少关注澳门本土现实、底层民生的作品，这些对本土族群的人文关怀，表现了澳门作者体恤的人道主义精神，这都是《红豆》最宝贵的文学遗产。因为在五六十年代或之前真正抒写澳门的作品着实不多，不少作品都是以澳门这特殊地域来作思想投影，来反映自身的文化和乡愁，而澳门真实的城市形象则是十分模糊的，但《红豆》却恰恰为我们补充了这一方面的失落环节。如以下的一些作品：

世间无如食糖难

糖价一日涨几番

穷人早晓甜味贵

终日尝尽是苦咸

——横眉《糖价暴涨》

在深夜的行人道上

我看见你——

孩子，

你紧拥着"擦鞋箱"，

把一天的劳累，

都带进了梦里

是饥饿难挨吗？

还是心灵的创痛煎熬着你？

……

——汉仪《街童》(节录)

低头默默地写，

为他人祝报平安，

为他人牵系着亲情，

为他人诉尽缠绵的心语；

然而，

他终于在信笺面前倒下了，

痼疾把他折磨至死，

他带走的是人间的冷漠和鄙夷！

——汉仪《写信老人》

一根线，

带着一丝愁绪，

一颗珠，

含着一点忧虑

七彩纷缤的珠带儿啊，

你蕴藏了穿珠人多少的苦恼！

……

他生命的彩色，

已经日渐消失在珠带里，

他穿成了千万条美丽的珠带儿啊，

却不能把自己的生活穿织得合理。

　　　　　——漫君《穿珠女》(节录)

月儿高高，

星星闪动，

卖点心的小姑娘，

五更就起床开工。

……

"鲜虾饺、山竹牛肉……"

不停叫、不停走……

上楼下楼，

捧着点心循环地走。

……

下栏只占四份一，

工资四十——相当男工零头。

······

小姑娘劳碌地走，

走到何时休？

　　　——铁夫《卖点心的小姑娘》（节录）

紧握着属于你的生命的

日子，

在澄碧的大海撒下渔网，

希望——

随着远山长。

······

在辛勤劳动的日子里，

保持你那灵魂底纯朴的色彩，

仍然是无忧无虑。

　　　　——莎丽《渔人》（节录）

拖着沉重的腿，

强睁困乏的眼，

模糊的视野里，

斜坡远远未到尽头。

沉重的家庭负担，

比车上的货物更重！

生活的道路啊，

比个斜坡更难走！

迎来晨曦，

送走夕阳，

不断滚动的车轮，

无情地带走了他的青春！

拖着沉重的腿

强睁困乏的眼

坚定的信念鼓舞着他：

坎坷的斜坡总有尽头！

——子规《人力车夫》

　　以上这种类型的作品在《红豆》里还是颇多的，从这些作品中我们都可以看到昔日澳门这座城市的风情画面和生活百态，当然"澳门本土"就是这些作品，可以说都是从人物出发，去构建作者自身的经验和感受。但这里我们研究者仍是可以从侧面看到昔日城市化的发展，亦同时能理解和消化城市化发展的过程中所遭受的阵痛，如《糖价暴涨》就可以看到单一的物种的价格对城市的民生影响是非常巨大的。而

《街童》一诗就反映了城市的巨大的飞跃发展，虽要诸如童工的廉价劳动力来支持，其出现既反映了城市环境的艰难，同时亦反映了一些特定工种需要由童工来填充，这与现代发展中的城市相近，唯澳门始终是一个小城，六十年代工业亦未曾起飞，故没有出现大量童工工厂的情况，反而是一些个体户及流动式的经营为主。当然除了小童之外，老人亦不能逃离发展城市中的规律，但由于体力的衰退，一般都只能从事写信或者拾荒之类的工作，但微薄的收入，以及城市医疗保障的未完善，他们只能"终于在信笺面前倒下了，痼疾把他折磨至死"。那女性呢？笔者列举了"穿珠"及"卖点心"两项职业，尤其是后者，我们首先可以看到茶楼中现已消失的叫卖模式（因现在已是计算机下单了，无须叫卖），还有诸如"下栏只占四份一，工资四十——相当男工零头"的女性同工不同酬的社会现象，最后一些城市中常见的景象，现在也消失了，但我们却可透过一些文本，诸如《人力车夫》《渔人》等去了解昔日的历史年轮，而这些作品都改变了过去文本创作的概念化、美化和平面化的设计，可谓非常接地气。

而在《卖点心的小姑娘》一诗中"卖点心的小姑娘，五更就起床开工。……鲜虾饺、山竹牛肉……不停叫、不停走……"，这些日常的事物并不是有什么特别艺术或诗意的构建，但却日常化，是人在城市生活下的坚实写照，如梁秉钧在《诗的随想》一文中所言："系鞋带，找一个公文夹，阅报看琐碎的新闻，看电影……切实写出在这个现代环境中的人的感受，诗人一旦能闯出旧观念的范限，就会发觉无事不可以入诗。"①

除了人物之外，不少的城市取景，基本已取代了用游客式的著名风景进入文本之中，如过去三十或四十年代的澳门文学作品，一般会以妈祖阁、大三巴、不同的教堂……等等，作为观察的视点。而在《红豆》中，我们已进入到城市本身的日常生活中，如涤非的《坐三轮车于我来说》："可我向来也不喜欢来搭，我不是说三轮车什么不好的地方，只是坐着时心里就怪不舒服。"还有布衣《漫谈澳门的粪》："'米田共''冇皮大蕉'……尤感不能不的是更有其特色澳门的粪……沿户拍门倒粪，倒满了两桶，就担出粪务公司的码头……那才换来一角五分的工资……"

其他还有从语言和形式的角度都反映了城市的变化及其流行态势，如缩脚诗，"忽闻'衰'上更加'衰'/收入点将支数追/不如唔做执包袱/少啲'衰'"（布衣者《随感三则——话"衰"》）；打油诗，"唔知边个讲起/话你最够人情味——/每逢朋友有病/或者穷到要死/最先去慰问就系你/细心安慰/鬼咁长气/……/但系当朋友问你借钱/当堂冇晒趣味！"（棘器《话你最有人情味》）；古新混杂型杂诗，"学文学武两无成/岁月蹉跎又一春/几度'肥佬'应有悔/于

① 梁秉钧:《诗的联想》,《书与城市》, 第111—112页。见于王良和《眼睛的漫游——读梁秉钧三首街道诗》。

今犹可望'襟明'"（人役《毕业互勉诗四首——恒心》）等等。而这类作品最值得我们注意的还是城市的俗语和口语的利用，如"鬼咁长气"即是"唠叨、说个不停"之意、"当堂"意为"立刻""冇晒"为"没有"的意思；而"衰"即是"差"之意；至于"肥佬"和"襟明"实为英语，是取其谐音，"Fail"（失败）、"Coming"（再来），从这些词句的运用都可以看到当年城市的语言文化特色。

梅仲明

澳门报纸杂志专栏作者，文学涉足新诗、小说及散文创作，曾获多届澳门文学奖，奖项包括小说组冠军、新诗组季军及散文组优秀奖等。著有短篇小说集《板樟堂的倒数声》《让宁静的西湾治疗我的忧郁》，诗与散文合集《摩天轮的幻象生活》。曾与人联手制作澳门文学宣传片《幸福来电》《出走》及《澳门文学地图》系列。

澳门的乡愁

■（澳门）梅仲明

关于家乡

长途客车和呕吐，是我童年记忆的重要组成。每一年寒暑两假，我总要面对历时超过五小时的晕眩，一往、一返。各种西药与古方，只为撑过那一条颠簸不平、上山渡海、看似永无尽头的回乡之路。一次又一次，我在长途客车上嚷着要回家。然而，我的父母始终坚持寒、暑两假回乡探亲的传统。即便他们跟我一样，会晕车、不适和呕吐，他们却没有放弃在仅有的两次长假回家看看的机会。

年少时，不明白为何父母对家乡有那么深的依恋。我和家乡唯一的联系，就是外婆。抹去各种阴影，记忆中的家乡，有我那当厨师的外婆做的一手好菜。自她去后，我和家乡已再无联系。

我的父母亲原居地为广东台山，七十年代末、八十年代初，家族人为了谋生，陆续迁至澳门、香港生活。亲友中，不少人会选择移居美加。在港澳生活的祖父辈，如果行动仍然方便，晚年则多半选择回到老家。像澳门这样一个移民城市，类似我们这种侨乡家族的迁移史多不胜数，不同的也许只是各自的家乡名字与方言而已。

年少时不知道什么是本土，也不知道家和乡的意义。愿意回乡，也许是因为新鲜好玩；不愿意回乡，就是因为不舍得澳门的朋友，想在假期留下来跟他们在一起。当年泛珠三角地区交通不便，桥梁和高速公路尚待开发，回乡的次数多了，久而久之，呕吐的阴影挥之不去。而小时候会跟着父母说一点方言，多半只是因为耳濡目染。到长大了一点，记忆中又有了太多回乡的噩梦，于是越来越抗拒父母口中的家乡和家乡话。无论父母亲朋如何用方言发问，我只会用通称的广东话回应。

生活在他方

2005 年，澳门历史城区被联合国教科文组织列入世界文化遗产名录以来，保育澳门传统文化成为政府和民间的重要课题。旧建筑、老街道、传统的风俗和工艺，大家都希望保留下来。这怀旧复古之风，看起来像是因世遗而起。你觉得是这样吗？

澳门和香港开埠的情况差不多，原本平静的南粤小渔港，因为时局和战乱，逐渐聚集了五湖四海的人。迁入者把各地文化带到这个城市，再经过互相磨合和碰撞，融合成独特的本土文化。然而，我们祖父辈当初来到澳门生活，并没有本土的概念。祖父母离乡别井，也许这里只是他们设想的一个中转站，他们还有更远的路想要走；又或许这里只是他们的一个避风港，他们认定有一天是要回到家乡的。到最后，因为各种各样的原因，他们不得不留下来。他们生活在这里，终其一生却没有视这里为家。他们一辈子活于淡淡的乡愁中，总是回想着往昔的美好，顾念着自己的老家。

五十年代至七十年代，香港的国语片就是其中一种因怀乡情结而生的产物。江南及江南以北的移民迁入，形成了以普通话为主要沟通语言的社群，也为香港电影产业带来了大量技术和人才。在一个以粤语为方言的城市，国语片很好地响应了移民市场的需要。留意早期国语片的故事，其背景大都设定在旧时代歌舞升平的岁月，那些故事脱离现实生活，多少是为了满足异乡人对家乡和过去的缅怀。社会学家拜恩·特纳（Bryan S. Turner）曾说，"对于怀乡的人，世界是异己的。"他们无法真心地投入到自己身处的世界，他们憧憬的生活，一直在远方、在过去。

异乡人

到后来，大家觉得真的回不去了，或者经过种种事件以后不再想回去了，往昔美好的幻象破灭，他们才肯放下心中的石头，开始关心身边事物。这时候，老一辈慢慢退出了社会发展的箭头，人们生活的重心、电影故事的重心，才终于更多地立足于当下、着眼于本土。

对比香港，澳门的本土意识相对还要更薄弱些，发展也更迟。澳门有很多人，一直以异乡人和过客的身份活在这个城市，他们把澳门当作救生圈、当作后花园，从来不会想去为这个城市干些什么事情，也不会多去考虑这个城市的未来。时机成熟，他们便要离去，是这样一种过客的心理。我们的乡族社群一直稳定发展，很多人都以福建、广东各省市人自居——这是澳门早期移民的主要组成。澳门人是什么？就像一个暂留的凭证一样。家和乡，紧密地联系着，澳门只是个避风港。对于家国情怀这个概念，在特定背景下的澳门，自然是一个相当好的示范。然而，对于我们生活的这片土地，这种过客的心态，却又实实在在地影响着我们自身文化的形成和确立。

是的，澳门确实是中国历史上有名的避难城市。这是我从欣赏各种香港影视作品发现的情况，然后再从书中自己总结出来这个答案。我要这么说，是因为澳门的教育在很长一段时间里面，并没有"澳门"这个板块。我们的历史课没有澳门史、我们的语文课没有澳门文学，回归前我们上课用的一直是香港和内地的教材。小时候我们会奇怪，为什么教科书上面的巴士跟我们上学用的巴士不同？为什么书中的离岛叫大屿山、南丫岛，我们离岛郊游去的却是氹仔、路环？当年老师们口传的解说，始终不及教科书的记忆历久常新。

澳门 1984

市场小和人口少，加上我们背靠内陆、邻近香港，讯息和影视娱乐便一直依赖于周边城市。看的是香港和内地的电视台，读的是香港和内地作家的著作。直至1984年，我们才有自己的广播电视台，但其放映的依然是外地提供的剧集和节目。回乡、出国一直是澳门的主旋律。八十年代以前，这个城市其实一直没有建立起确确实实的在家精神。这就是澳门人，我们的身份，需要各种邻近城市的参照，才能勉强塑造出某种具体形象。

1984年，对于澳门本土文化是一个颇有意思的标志。其一是上面说的本地电视台启播。二是望德堂坊，也就是我们本地人俗称的疯堂街周边，被列入政府重点保护文化财产。该区曾为华人天主教徒聚居之地，是内地教徒走避清朝政府追捕的其中一个避难所。众多具历史价值的建筑和整个坊区的面貌，承载着大量澳门故事。

当然，这两事与当时澳门的前途问题发展也有关系。但第三件事则更为直接地指涉本土文化。当时在澳门日报主办的"港澳作家座谈会"上，移居香港二十多年的作家韩牧先生呼吁要建立"澳门文学"的形象。像韩牧先生那样在澳门出生和受教育的香港作家为数不少，抗日战争胜利以后，不少原本流入澳门的居民，返回中国内地或迁往香港，澳门人口急剧下降，这是不少澳门作家长居香港的其中一个背景。六十年代，澳门人口只余不足十七万。一直到了七十年代，澳门的人口才稳步发展，直至今天超过五十八万人。

本土意识的来由

乡族社群的高度发展和输入性的信息，让澳门发展本土文化的基础相当的薄弱，我们的文化基础，也只能是这样的他乡化。所以，有一段很长的时间，澳门人经常陷入"离岛化"的迷思——因为家人和亲友的移居、因为长期以来依赖香港媒体的习惯，总让本地人觉得澳门活像个香港的依附岛。当然，自从赌权开放以来，随着经济急促发展，小澳门的形象逐渐扭转，澳门的离岛疑惑现在已成历史。只是，我们吸收的信息仍然摆脱不了港台化的倾向，我们的生活习惯也始终摆脱不了日韩风的影响，这已是根深蒂固、难以一时改变的事实。然而，如今连带着我们刚刚意识到的"在家感觉"也渐渐动摇，这却是回归之初我们万万没有想到的。

我们是在那样一个迷思与觉醒之间的"过渡期"出生和成长的一代，我们不像祖父辈那样对祖居地有极深的依恋，残留在父亲身上的方言和传统，对于在澳门土生土长的我们已经相对陌生，我们还一度觉得自己已经再没有乡愁了。澳门就是我们的家、我们的乡。不同于上一代，我们理直气壮地说自己是澳门人，这是一种态度的改变。

只是，这"本土人"的自觉、我们近年强调本土意识、怀念传统文化，却又多少是因为社会急促变化、开始难以把握当下而渐渐萌生的思潮。今天，集体记忆、怀旧主题一时成为主流。过去真的那么好吗？殖民时期，大部分来到澳门的华人过的都是穷日子，我们忍受社会的各种不公平对待，默默受挫，活得并不快乐。怀旧，只是对当下风景逐渐消逝的一种哀悼，是围绕我们现实生活中一些逝去的东西而重新组织的想象。

一种在家的乡愁

回归以后，大部分澳门人都过着相对富裕的日子了。到我们可以默默地受惠，像获得了些优越感了，居民却没有感到特别的快乐。究其原因，就是由于开放赌权、大力发展旅游使这个城市的生活受到了太多冲击。过去总是平静的街道，现在站满了各种各样的人。大量外来人口的涌入，不同的思潮在城中扩张，我们对于金钱的观念、邻里之间的关系，跟年少时所认定的澳门形象有了很大的分别。渐渐地改变，也许人们还可以默默地接受；太快太突然的变动，却为我们带来了极大的焦虑。原本小国寡民的生活方式，到今天已经完全不派用场了。有一天，我们发现自己对这个城市越来越陌生。走在板樟堂，穿梭在议事亭前地的人堆当中，觉得这个城市已经不再属于我们了。有那么一刻感到无家可归，不知身在何处。

那时候，我才终于明白祖父辈为何如此依恋自己的家乡。

社会学上的乡愁，是思念故土和伤心这类词的结合，表示一种回到一个人早年生活中某个熟悉地方的愿望，它有一个更具病理学的含义：每当一个人被诱发想起他原来的家乡时，他便体验到伤心的感觉。我的家乡在澳门，我却觉得自己离它很远，无时无刻不触景伤情，心里面一直想要回到年少时的光景。

"已经回不去了。"

那年的祖父，看着他眼中的澳门，是否也曾发出过这样的感叹呢？

今天的我们，看着眼下的家，心怀着回忆的乡，始终思念着在家的往日。这就是我们总是书写本土的人、记录本土事的原因。

穆欣欣

女，中国作家协会会员。作品有《戏笔天地间》《诗心》《相看俨然》《寸心千里》《走回梦境——澳门戏剧》(合著)。编剧澳门第一部以传统戏剧形式表现本土历史题材的京剧《镜海魂》，先后在南京、天津、澳门及北京等地上演。曾参与《澳门戏剧史稿》《澳门艺术丛书》《澳门文学丛书》在内地的出版、宣传等，被媒体形容为"将澳门文化散珠成串"之人。

文本与城市生活

■（澳门）穆欣欣

海明威说巴黎是一席流动的盛宴，文本对城市生活的描摹是流动盛宴的这道风景。所谓流动，是处于变化之中的状态；所谓盛宴，是目不暇接的一道又一道风景。城市是相对乡村而言，城市的发展决定了她永远处于变化之中。对于城市生活的描写，就是写她的变化给人带来的冲击。

澳门是一座城市，大家对这个定位毋庸置疑，我想不会有人觉得澳门不是城市。然而这是外人看澳门。当澳门作家写到澳门时，会不自觉地把澳门降格为一个小地方（其实小也是城市，如果以人口较稠密称为城市这个定义，而且有住宅区、工业区和商业区等具备行政管辖功能）。这是我们在周边地区乃至世界格局的自我定位，直接对澳门作家如何写城市如何描摹城市生活发生影响。在华文写作的世界里，澳门作家的写作风格是否已经确立，恕我不能给予肯定的答案。但澳门作家对澳门城市生活书写的同时，将这份书写放在华文写作中一个什么样的位置，以此来确定既看见自己也看见他者——其他城市书写中的位置，越来越需要有一个清晰的坐标。

我曾经在 2013 年到 2015 年为《深圳特区报》一个名为《城心城意》的专栏写过一年半的时间，城是城市的城，顾名思义，这是一个写城市的专栏，每周五天出刊，由五个地方的作家轮流写自己的城市。我写这个专栏的初衷有两个，一是强迫自己观察思考自己所在的城市然后留下点文字记录，一是出于外人对澳门有太多误读的遗憾，促使我应下了《城心城意》专栏的写作。虽然我不是在澳门出生，但我从十岁开始住在澳门，至今为止澳门是我生活时间最长的一个城市，这中间我还有十四年时间住在北京。我写过不少关于北京的文字，无论是住北京之前还是住在北京的时候，或者我到别的城市走马观花一游，几天的时间里我可以写关于这个城市上万字的散文，反倒是我生活时间最长的澳门，我之前的文字很少写到，因为熟悉，所以难写，更怕写不好，有一种"近乡情怯"的情感。后来应下专栏后，我又跟自己讲，如果你连写自己生活过的城市都写不好，还指望写好什么呢？就这样，我开始了写澳门城市的历程，也是讲一个个澳门的小故事的历程，历史的，人文的。然后我发现，我还是需要找到一个清晰的坐标，我把写澳门放在什么位置，写了给谁看？《深圳特区报》的读者是内地的，不仅仅是深圳乃至全国的，那么我要考虑怎么讲好澳门的小故事。这涉及了文化比较。比如我看到全国遍地开花的澳门豆捞店现象，这是内地很多人把豆捞当作澳门经典食品的一个美丽错误。我这篇文章为豆捞来个正本清源，找出误读的原因。就是这样，我在想，当城市以"国际化"之名其实是城市个性日趋模糊化的今天，我们的生活方式其实也日趋雷同，什么是决定城市书写的关键因素呢？那就是书写者努力地自觉地（也可以说是自以为是）以写城市的本相为目的，而最终，什么才是城市的本相呢？书写者笔下的城市最终也许是一个虚构的王国，因为虚构，因为变化，因为风景，所以文本与城市生活存在着无限可能的空间和精彩。

澳门文学中的乡愁

澳门文学有一份天然的乡愁。这是葡萄牙人对家国的遥望之情，是土生葡人寻根的漂泊感，是华人背井离乡，用文字来慰藉思乡之情。澳门是个移民城市，华人人口中除占最多数的广东人外，福建人、上海人在比例上平分秋色，每一个来澳门的人都有离乡的记忆和思乡愁绪。因为，文字具有一定的治愈功能。

上世纪八十年代前后，大批内地新移民来澳门定居，这是澳门历史上经历的又一次城市化的进程。记得当时我就读的班级，新移民学生几乎近半，当然，他们更多地来自广东。一个男生后来和我们说起，他和家人是偷渡到澳门的。澳门和内地一水之隔，水浅时几乎可涉水而来。按照市场的供需关系，出现了专做偷渡生意的组织，俗称"蛇头"，大半夜趁边境防守不备时负责用船将偷渡者运到澳门登岸。当时的政府曾对在澳门非法逗留的无证人士进行过颁发身份证的大赦，让他们成为澳门居民，这是后话。我很好奇如何偷渡，追问过那个男生，那个男生轻描淡写地说："也没什么特别啊，睡到半夜被大人拍醒，我顺手抓了个闹钟，就坐船来澳门了！"我有点失望，这么顺风顺水的偷渡一点也不惊心动魄啊，但带着闹钟偷渡绝对是这个男生的私人记忆。如果写成文字，这也绝对够得上以个人经验和感受为原则的创作。

乡愁，在澳门华人作家笔下就是一场场个人经验和记忆的书写。八零后作家梅仲明在《2013澳门的乡愁》一文中这样写："长途客车和呕吐，是我童年记忆的重要组成。每一年寒暑两假，我总要面对历时超过五小时的晕眩，一往、一返。各种西药与古方，只为撑过那一条颠簸不平、上山渡海、看似永无尽头的回乡之路。……年少时，不明白为何父母对家乡有那么深的依恋……"童年不识乡愁味，长大后的乡愁化成长途客车和呕吐，不可谓不独特。

又以我每天阅读的《澳门日报》副刊为例，作者中不乏新移民。有石城常描写故乡福建的乡土人情，殷立民多忆江南往事，程文笔下满是旧日广州味道，和我同在《美丽街》专栏的谷雨笔端不忘上海，笔名双飞燕的写手近两年因为常往返上海、澳门两地，笔下就有了两个城市从文化到饮食的比较。而有意思的是，关于这乡愁的文章，这批作家有时笔锋一个拐弯，就不约而同地转到了舌尖上来。这舌尖上的乡愁代表了童年最初始的味道，味蕾的记忆要比大脑的记忆来得更持久绵长。

"记忆中的一处，从童年时姥姥的蜜麻托，到少年时的油煎饼、海棠糕、鲜肉月饼、掼奶油、锅贴、小馄饨、马兰头、荠菜、粽子……似乎故乡这个概念，纷纷化身为食物，以味觉出现在记忆中，成为我对于一座城市思念的出口。"（谷雨《尖上的乡愁》）

乡愁，是对味道的思念，对家乡青山绿水的思念，而思念中分量最重的，莫过于是对亲人彻骨的思念。

"而我心中至高无上的角仔，是外婆用装饼干的铁罐捎来的。外婆在世的时候，春节前都会炸好角仔，给我们一罐。连烹饪手艺了得的母亲，也比不过外婆。外婆的角仔包得饱满，皮酥馅香。往后，没吃过赛得过她手艺的，因而每年经过卖年货的摊子，望角仔而想外婆。想她搓面粉的喜悦；想她把角仔装进罐子的心情。"（水月《外婆角仔》）

"曾一再梦回广州老巷老房子，每次梦境几乎都是妈妈在炸油角，醒来，味蕾似仍绕着油角香。从小我便晓得妈妈的油角是一绝，当别家小孩在咬又硬又深色的油角时，我家的油角却是角皮松化，白白胖胖，特别可爱，祖母曾说妈妈的油角是八十岁老太太也咬得开。……过了四十多个新年，只觉年味渐淡，每年这时候，总惦记从前的新春，只因最思念的年味里，有妈妈的身影。妈妈，想你了。"（程文《最思

念的年味》)

澳门文学是涵盖了使用中文和葡文创作的作品，不能简单地归属为中国文学或是葡萄牙文学范畴，她是在澳门中西文化交融碰撞下生发的形态。无可否认，葡萄牙人奠定了澳门的城市格局和风格。行走澳门街头，能明显感到，澳门是葡萄牙无数城镇的一个翻版。我也曾在马六甲地界上，惊喜地发现她可真有澳门的影子啊！说马六甲有澳门的影子其实是不准确。澳门，以及马六甲，都曾经有过葡萄牙人踏足，留下印记在所难免。从文化角度而言，这些印记，在在都是葡萄牙人的乡愁啊！这个数百年前就在海上漂荡的民族，好奇、冒险、征服是他们海洋性格中的一部分，面对大海未知的恐惧感有没有使他们退却过？又是什么样的力量促使他们一路扬帆远航来到远东？葡萄牙诗人费尔南多·佩索亚写过《葡萄牙的海》，我一读再读，读出了远航人的乡愁：

啊，葡萄牙的海，

你那又咸又涩的海水，

饱含了多少葡人的悲伤、苦恼。

为驾驭汹涌的波涛，

多少慈母曾把泪抛，

多少儿女徒劳祈祷，

多少姑娘未成秦晋之好，

啊，大海，

255

一切都只为了征服你那骇浪惊涛!

　　而有葡萄牙文学之父称谓的诗人贾梅士四百年前在澳门白鸽巢公园石洞里吟哦成长诗《葡国魂》,其中描述葡萄牙自然地理位置的诗句:"陆终于此,海始于斯",何尝不是遥望故国的乡愁?因而,在澳门居住的葡萄牙人最早为这片土地蒙上了一层浓浓淡淡的乡愁。住过澳门之后,葡萄牙人又有了反认他乡是故乡的情怀,那就是"喝过亚婆井的水,就忘不掉澳门!要么在澳门成家,要么远别重来。"这,又岂止是他们的澳门乡愁呢?

　　数百年来,澳门这个港口往来多少游子?或来过之后离去,或落叶生根在此终老。英国画家钱纳利于五十岁时来到澳门,可以说人生已过了一大半,期间,他住过广州、香港,但无论如何这些地方都没有比澳门更令画家魂牵梦萦,二十七年间,他离开澳门最长的时间不过半年。幸得钱纳利,今天我们还能看到他画笔下没有被烧毁的圣保禄教堂(大三巴)原貌。当我一再凝望画家笔下的昔日澳门时,我看到了这个英国人的乡愁!

　　最能说明澳门华洋杂处一面的,莫过于位于白鸽巢公园旁的旧基督教坟场,有一百六十二位不同国籍的人长眠于斯。钱纳利在其列,二百多年前基督教来华第一人的马礼逊也在其列。当年,这位只有二十六岁的未婚青年来澳门时是一名初出道的英国传教士。前往中国,等待着的是无数不可知。有人以轻蔑口吻告诫他不要以为他一个人就可以改变中国过去五千年来对于偶像的崇拜，而马礼逊以一句"我不能，但我相信神能"的回答成为其日后名言。马礼逊在澳门度过了四分之一世纪的岁月，最后长眠澳门，与之相伴的是他的第一任妻子和儿子。

无论是在天国还是在人间，澳门，怎么可以没有乡愁?

水 月

原名林慧娴，香港出生，澳门长大，语言与翻译文学学士。已出版作品：个人散文集《忘情书》、小说《回首》（"第二届澳门中篇小说征稿活动"获奖作品）、合集《美丽街》。《澳门女作家散文集》作品发表于《澳门日报》副刊专栏《美丽街》、文学杂志《澳门笔汇》。小说《回首》获第二届澳门中篇小说奖，个人散文集《忘情书》《挥手之后还会再见吗》分别于2006年及2014年出版。

地域与乡愁

■（澳门）水　月

来这里之前，我两个闺蜜赵阳和穆欣欣都表示，乡愁这个题目对她们来说都很熟识，有很多方面可以谈。但这却是一个难倒我的题目。为什么呢？因为她们俩来澳门定居之前，都有家乡童年生活，又有在其他城市生活过的经历。我虽然在香港出生，拿着三粒星身份证，即是永久居民身份证，却从小到大生活在一个很小很小的澳门。最长时间的离开，不过十来天旅游而已。所以，对乡愁这种情感的认知，使我在准备这篇讲稿时有点茫无头绪。

虽然是这样，但我仍然可以谈一下乡愁。因为我觉得乡愁与地域没有直接关系，说到底，愁这种情绪，是人与人的情感掀起的。人与地纵使有情，缺少了人与人之间的关系，便变得荒芜。每次在外地，要是没有我的女儿同行，坦白说，我一下飞机便开始想念她了。这也是一种乡愁，是情感家乡的牵挂。在异地想念所爱的人，每个人都有过这样的情绪吧。

在这里，我想以我的中篇小说《回首》，谈一谈乡愁在我的书写中如何表现。要是大家听了不以为然，请多多指教。

《回首》的主要人物都出生于内地，在八十年代末至九十年代初，偷渡来澳门的移民很多，最后当时的政府行了特赦令，掀起了一次偷渡潮，结果几万人取得了居民身份。这次事件，被社会命名为"龙的行动"，相信在座也有人听说过。在这之前，澳门有一批偷渡客，大多是年轻的女性，来到澳门没有身份打工，只能被困在一个家庭里做家佣，如果外出，会有很大机会被警察抓到。故事的主人公冬梅，便是其中之一。她与玉玲、阿菊三个人，在同一大厦内打工，龙的行动后，各人的命运不一。其实现在很多澳门人，正是这个龙的行动的移民和他们的下一代。

主人公冬梅本来不愿离开家乡，她有一个情投意合的男朋友晨曦，可事与愿违，两人的命运在1989年便各走各路。2012年他们重遇，但约定见面时冬梅没有出现，晨曦在永利度假村的门外看着对面的葡京酒店和它前面的圆形广场，这时，广场的装饰已换成玻璃雕塑。葡国人竖立的亚马留将军铜像早已运回葡国。这个铜像有政治色彩，是十九世纪时澳门历史的一阕悲歌，人称独臂将军的亚马留，为开辟马路而挖了龙田村居民的祖坟，年少的村民沈志亮把亚马留砍了头，但他的命运不是成为民族英雄，而是被当时的清政府处死。这个历史故事去年由穆欣欣编成了澳门首部京剧，今年也出版了文本，大家可以看看。

　　说回亚马留，他成为了葡国人的民族英雄，铸成铜像立在现时旧葡京外的圆形广场。回归前被带回葡国。小说中有三个场景是在这里发生的，第一个是分开二十多年后，冬梅在雨中赶去见晨曦在这里被车撞伤昏迷，另一个就是之前说晨曦等冬梅凝望葡京时，再一个便是晨曦回想他偷渡经过澳门去香港再去美国，曾经匆匆看到过亚马留铜像的回忆。我设定了这个地标作为故事的重要场景，是故事主人公不可逆转命运的接触地。因为我对铜像的离去深感遗憾。它曾经是澳门人的集体回忆，政治观点我不想多说，但是，那个时期让人痛心的事件，与这个铜像标志的意义，我以为不可连消带打，一笔勾销。如果说它让人想起当年的血泪史而不可留下，那么澳门现在推广的世遗游览又当如何？一座座世遗名录内的教堂，不也是当时澳门被霸占的证据？

　　如果一些建筑与雕像都得背负历史的责难而被拆除的话，世界上很多地方都会失忆。亚马留铜像的所在处，俗称铜马广场，除了是澳门历史的一个伤痛，还是澳门的记忆，我以为，对澳门人来说，至少对我这一代人来说，铜像的象征意义，已经超越了民族之间的仇恨。就好比圣保禄教堂遗址（大三巴），它是一个城市的历史标记，无论是沉痛还是欢愉。

　　所以我设定了这个地方，作为男主人公等待多年不见的初恋情人的时候的凝望、回忆与思念的场景，来寄托我童年看烟火、过新年的广场的回忆，是我的另类乡愁的情感所在。

文本与城市生活

与其说城市生活是一个书写对象，倒不如说城市生活书写了现代文学。无论是散文或者小说诗歌甚至电影，避免不了是作者对所在城市的体会与感受，又或者说，是感情。作者可能在不知不觉中，或者预先铺排好，作品所流动着的城市生活。一个住在乡村的作者和一个住在城市的作者，看到城市的面貌和人们的生活，所感受到的氛围、冲击是不一样的。我们都习惯了自己的所在地，对她的变迁感受至深，比如我是一个游客，到了某个城市，注目的是她的现在和过去，这些都表现在城市建筑的外表，以及属于名胜类的古老建筑，甚至是世遗建筑的外表上。而这个城市的内心，恰恰是其文化与历史，经过很多年的流动塑造而成的。而城市的内心世界，便不是一个外来客人可以轻易读懂的。

我生于香港，成长于澳门，可以肯定地说，我是一个澳门人，因为对香港生活没有切身体会。在我的眼里，澳门生活现在大致可以分为三个种类：富豪式、平民式、弱势社群式。富豪式是因为赌场发大财的人的生活模式，平民式是一般居民的日常生活，弱势社群式便是靠政府援助的生活模式。而澳门的建筑，大致也可分为三个种类：历史建筑、回归前和回归后的建筑。这里我特别撇除 2002 年赌权开放后所建的酒店和娱乐场建筑，因为这些建筑实在是非常外层空间，从我对澳门的认识和感情出发，觉得它们是来自另外一个银河系的奇幻乐园。

澳门从明朝开始是中西文化的交汇点，几百年过去了，澳门才又迎来一次多文化融合的浪潮。澳门的外来人口差不多达到二十万，而整个澳门只有六十万人，比例是三分之一。所以欧洲人、美洲人、非洲人、南亚人，以及来自内地各大省市的人，在这十年间或多或少影响了本土生活。从经济角度去看，我们先甜后苦。因为旅游、投资，特别是赌场的吸金大法，澳门人有了空前的就业机会，形成了打工仔不愁没饭吃，薪金飙升到前所未有的高度。而另一方面，楼价高不可攀，衣食住都贵得令人无法相信，普通市民已经到了只能期待政府赶快建好经济房屋，盼望着抽签成业主的悲惨世界。没错，是悲惨世界，对于澳门人来说。

香港、澳门这两个城市向来被相提并论，以前澳门什么都比香港落后很多，我们唯一引以为傲的是生活指数比香港人低、住房比香港人宽敞得多。但现在这些微小的优越感也随着赌收成为历史。我不懂得评论文学，所以不在此引用其他人的文本。我想引用自己的一个短篇《住房二十四小时》。这个故事，是我看到澳门人的住房空间逐渐变小，"劏房"遍地的现象而有感而发的。澳门地域很小，超级豪华酒店赌场周边就是我们的生活环境，在玻璃幕场和霓虹灯极速占据着我们的生活空间的日子里，时间飞逝，转眼来到二十三世纪。在这个时间空间里，城市与人都用代号表示。我用了CM来做澳门的代号，City of Macau 的意思。在两百万人口之后，每个人的出生都编入号码，名字不再是人的代号，而是数字。在这个 CM 城里，人们最大的期盼是：（1）被抽中签分配到其他地方居住；（2）要轮候几千个夜晚才可以入住二十四小时的私人空间。生活变成被规划的程序，没有选择，没有念想，没有过去与将来。一杯中古奶茶，让两个不同年龄的陌生人一起度过了愉快的住房二十四小时。可除了构成了一阵虚幻的思念，别无什么，因为最好的梦，最殷切的期盼，是人到中年，合资格抽签，若中了大奖，便可只身离开，这个让人无以牵挂的 CM 城。多么可悲！

有些人认为城市书写必须有咖啡店、音乐、文化艺术作为素材，可我觉得，正如开始时所讲，是城市书写了文本，文本当然是城市生活的载体，将来人们可以从文本看到城市生活的历史变迁。然而，我感受到城市发展造成人们生活的逼迫与压力，我不敢说这个故事是为澳门人呐喊，而是城市生活驱使我写下了此时此刻的恐惧，这当中包括文化和生活将如何被吞噬的诘问。

承钰

原名徐婉莹，长期靠文字工作谋生，能够将
兴趣化为生产力，同时亦乐于开发更多不同
模式、内容、版图，以满足一己文字欲。

地域与乡愁

■（澳门）承　钰

假如我们相信人类这万物之灵，从亘古以来，其实一直带有动物天性，血液中潜藏着为寻找真正理想安乐窝而不断迁徙、移居的基因。动物的流徙是为了生存，延续下一代；人类在历史长河中的流徙，亦有着类似的意义。所谓"物竞天择，适者生存"，祖辈为了有更好的生活环境，不惜穿州过省，甚至跨越重洋，冒险面对多少未知因素，希望为下一代谋求更理想的环境。小至搬家、大至移民，无论是主动或被动，人类就是这样从原居地一路走向全世界。

也许是历史的因素，经历离乱甚多的中国人，就算不到国外，成为华侨的一分子，亦得在中华大地"逐水草而居"，现代人由于交通便捷，离乡别井更为常见。以前会说"父母在，不远游，游必有方"，为的是道路阻且长，寄书亦长不达，条件许可下大家都乐于承欢膝下，所以大家族、大家庭会较多。

现在的一小时、两小时生活圈愈建愈广，地域的距离范围扩大了，游子相对回家不难，少了那关山阻隔的忧思，现代人的乡愁情绪就变得罕有，更多人甚至抱守"此心安处是吾乡"为宗旨，少小离家老大回，是欢乐多于忧愁。甚至有人抱定故乡物是人非，种种形势，一朝振翅高飞，便头也不回地远走高飞，"故乡"在他们心目中只不过成为一个名词、一个产地证明而已，感情的牵系早在决定投奔他去时已狠狠给割断，现代人甚至觉得学懂"断舍离"，从最初的行动上，继而给心灵带来变化，新一代都喜爱这种洒脱的想法行为。忘掉过去才会有更辽阔的前景，从各处乡村勾起的乡愁，很多时都不及一望无际的地域吸引。

然而就算都肯割舍过去，但我们很多时忽略了一些潜在血统之中的东西，那可以叫现实，又或者叫基因。一如前述，哪怕是淮橘为枳，变化是必然，但本质仍未有改变，或者我们不必称之为"乡愁"，而是一丁点从故乡、从自家的发源地传承下来的东西，难得遇上了知音，产生了同理心，亦即有共鸣的话，自然有他乡遇故知的感觉。

诉之以文章，当然亦可感之以情，动之以物。而且人之相遇，只在一时，文章载道，可以广传，接触的层面和人群会更多。一篇好的土地议题文章，说的可能一时一地，但触动的可以遍布五湖四海，因为人就算可以舍断任何身外物，但与土地的关联，哪怕连根拔起，亦有原产地可寻。

姚京明

笔名姚风，生于北京，后移居澳门，曾任澳门文化局副局长，现为澳门大学葡文系副教授。中国作家协会会员，葡萄牙笔会会员。出版有《写在风的翅膀上》《瞬间的旅行》《一条地平线，两种风景》(合著)、《姚风诗选》《绝句》《枯枝上的敌人》《厌倦语法的词语》等中葡文诗集以及论著《中国古典诗歌葡译本评析》和《中外文学交流史—葡萄牙卷》。译有《安德拉德诗选》《中国当代十诗人作品选》《白色上的白色》等十余部。亦有二十余篇学术论文发表于中外学术期刊。曾获"柔刚诗歌奖""两岸桂冠诗人奖"等奖项以及葡萄牙总统颁授"圣地亚哥宝剑勋章"。爱好艺术，举办过摄影展和个人装置艺术展。也是澳门文学节、中葡诗人对话等文学活动的策划者以及《中西诗歌》的创办者。

文本与城市生活

■（澳门）姚京明（姚风）

文本的定义很广泛，有各种各样的文本，但这里说的应该是文学文本，而文学与城市是无法分割的，甚至可以说如果没有城市就没有现代意义上的文学。城市是文学中不断修正的主题和背景。城市首先自己就是一个文本，它为写作者提供了无穷无尽的写作灵感和资源。城市文明代表着人类文明发展的最高阶段，它是天堂，代表着所谓的现代生活，它是美好的，是人们向往的栖居地。即使是革命，也要"农村包围城市"，最终进入城市，建立政权。与此同时，城市也是罪的肿瘤，生长着波德莱尔的恶之花，丑陋的人性通过城市看不见的下水道昼夜排放着污水。城市是天堂之城，也是地狱之城。人建造了城市，而城市也在塑造人。在城市的空间里不断产生出新的文本。《文学中的城市》作者理查德·利罕认为："当文学给予都市以想象性的现实的同时，城市的变化反过来也促进文学文本的转变。"城市与文学具有共同的文本性，文学文本与城市文本的共生共存，互为建构，他甚至认为"阅读文本已经成为阅读城市的方式之一"。当然，不同的文本所呈现的城市也是不一样的。城市也是一种巨大的"文本"，而我们如何去阅读呢？

地域与乡愁

"乡愁"是中国古典诗文的最主要的母题之一，这是在中国古老的农业社会中，在交通、通讯极不发达的条件下，人们由于地理空间的迁移而引发的对故乡的情思。乡愁的对象是"故乡"，而"故乡"在一般的解读中总是弥漫着"乡土"味道，但"没有城市，哪有乡土？乡土的意象的浮现离不开都市对应的存在"，王德威曾这样写道。因此，乡土和城市是一种"相生相克"的关系。问题是，对我们这些自出生就生活在城市里人来说，乡土在哪里？故乡又在哪里？没有在乡土生活的经验，"故乡"也只是你出生和生活的一个都市，哪里有乡愁？如果"地域与乡愁"作为一个文学命题，窝，我们可以谈论余光中、洛夫、向明等台湾诗人作品中的乡愁，这是在特定的历史时期里由于人为的政治因素而引发的"乡愁"。我们也可以谈论古人"日暮乡关何处是，烟波江上使人愁"或者"独在异乡为异客，每逢佳节倍思亲"这样的乡愁。不过，在智能手机、飞机、高铁和互联网的时代，在世界人民都变成了"地球村"村民的年代，谈论我们自己的"乡愁"似乎有些矫情。

袁绍珊

女，1985 年生于澳门，诗人、作家，澳门笔会理事。北京大学中文系及艺术系学士、多伦多大学东亚系及亚太研究硕士。曾获首届"紫金·人民文学之星诗歌大奖""美国亨利·鲁斯基金会中文诗歌奖""第三届海子诗歌奖""第二届淬剑诗歌奖""第十届澳门文学奖"诗歌组冠军。曾应邀出席葡萄牙、马来西亚、中国台湾、中国香港及内地等多个国际诗歌节。为台湾《联合报》缤纷版、《中国时报》人间副刊、香港点心网等媒体撰写专栏。个人诗集包括:《太平盛世的形上流亡》《Wonderland》《这里》《裸体野餐》《流民之歌》《苦莲子》。

瞬间的旅行

——澳门当代诗歌的空间想象

■（澳门）袁绍珊

一 澳门文学与旅游文学的渊源

澳门文学与旅游文学渊源甚深。澳门由于特定的政治和文化地理条件，在不同的时代，都会吸引一批又一批来自不同地域的文学家和文化人来此旅游、避难或图谋发展。在澳门文学史书写上，学界往往从南来的文人骚客的作品谈起，努力建立位处边陲的澳门与中原文化的关系。

这种文学属性和文学地域边界的挪移，不是澳门的独有现象，在两岸四地存在着不同意识形态的现实环境中，现时学界也往往将香港文学的源头，追溯至上世纪二十年代那些把香港视为暂居地的南来文人；以及将台湾文学的源头，追溯至明代那些充满异国情调的"宦游文学"。譬如现时学界大多将澳门华文文学的起点，与汤显祖联系在一起。据研究推论，汤显祖在万历十九年来过澳门，他游历澳门所撰的四首诗，往往被文学史专家视为澳门诗词史甚或澳门文学史开卷之篇章。往下数算，还有清代的诗人屈大均、吴历、丘逢甲等。进入民国以后，南来的学者文人如汪兆镛、茅盾等，他们由于游历、访友、战乱逃亡、迁徙等各种机缘来到澳门，或多或少留下了珍贵的篇章。当代港台诗人亦有不少以澳门为题材的作品，甚至在澳门出版诗集，如也斯的《重画地图》中以"游"为主题的诗，有相当一部分正是旅游澳门所写的诗，诸如《峰景酒店的一夜》《避雨南湾小咖啡店》等，都是从旅游中时空的不稳定，升华至对澳门文化和历史的沉淀和流失的思考。然而，这些作品大多只是"关于澳门"，比较像是与澳门相关的旅游文学作品，却甚少涉及旅游和澳门这座旅游城市的复杂关系。文学中的澳门，往往是一个充满异国情调的他者，加上上世纪末面临回归的去留抉择，成为被外地人、过客乃至居民想象的旅游中转站或暂居地。

此文将重点讨论旅游的概念，对回归以来的澳门当代诗歌（现代诗）的影响，以及澳门诗人对旅游的意义的相关思考，如何引起诗学意义上的空间想象的变化。

二　旅游时代下，旅游城市的旅游诗歌

相对于中国内地、台湾及香港在上世纪九十年代以来的"旅游文学"热潮，澳门的"旅游文学"至今尚未成形，澳门作家零散的游记，基本上维持在享乐式的游记小品的格

局，甚至称不上是中国源远流长的游记文学谱系之延续。记事式、导赏式的"旅游文学"以碎片化的形式出现，澳门作家亦甚少把"旅游"作为一个可以认真挖掘的专题、文类乃至志业。舒国治式的"闲逛浪游"（在平淡中寻找生活的趣味），或余秋雨式的"文化苦旅"（在游历中细述历史的沧桑），甚受澳门读者追捧，但澳门有关"旅游文学"的专著却相当欠奉。

2003 年内地居民港澳个人游政策开始推行，港澳旅游业进入井喷期，大量旅客涌入澳门。一方面，对澳门人的生活构成一定影响，引发社会对于资源争夺（如针对旅客的奶粉限购令是否推行的争议），以及城市旅游承载力是否超负荷的讨论，由厌客的排外情绪，逐渐变成一种捍卫家园、从旅客身上夺回城市主权的思维（如西湾湖一度计划开发为服务旅客的夜市，引起居民强烈不满）。另一方面，大量旅客在特定节假日蜂拥而至，加上港台旅游书、旅游杂志、电视旅游节目、"驴友"博客的泛滥，以及经济收入增加，澳门近年亦出现一股"假日旅行出逃"的热潮，使澳门人产生非常矛盾的心理——一方面抗拒旅客，同时亦渴望成为旅客；一方面指责旅客侵蚀生活质量，又不得不靠旅客的消费赖以生存。

居住于以旅游博彩为龙头产业、致力发展成为"世界旅游休闲中心"的观光之城，回归以后澳门诗人的创作不约而同地涉及旅游元素，反思旅游的意义，或对城市的主客关系有新的认识，并从时空的转移变换中，突显回归以后的本土意识及身份认同困惑。也就是说，掺杂着全球化与后殖民的复杂情绪，澳门诗人有关旅行的作品，反映的不只是面对全球观光文化而生出"旅人的不安"（对吃喝玩乐式的庸俗观光方式的抗拒），也包括面对观光政策而产生"对观光客的不安（即旅游城市中居民的不安）"。

　　这种"双重不安"的心理，在艺术上转而指向"自由行"与"自由"之间的紧张关系，并成为澳门作家乃至艺术家的一大创作母题，"出走"成为面对压迫生活和旧事物消失的临时出口。这时期的澳门诗歌总体面貌，更被澳门文学评论家李观鼎命名为"流亡在归家之途"。旅行之于澳门诗人，或以一种"短暂逃亡"的形式出现，正如卢杰桦在《他们赶路，我们慢条斯理地逃亡》写道："从这里逃到那里逃到更远的地方／不论是台湾或是他施或是香港／哪里没有罪恶而且被眷念？／总之被罚的尼尼微或者蒙恩的澳门／都值得回避、逃亡／瞬间逃亡，我们身上有着不为人知的／行囊，背负着不为人知在逃亡""而有没有所谓扎根、有没有所谓超越""时间、界线、地理位置都在不知不觉间／拉紧、压缩、伸张、断裂"；或以一种"精神流亡"的空间感存在，如袁绍珊的《太平盛世的形上流亡》："这个年头，已经是个／太平盛世了／城市再没有暴乱、传染病和革命军／我们却需要不停地流亡／像一头羊／流亡只为了一口没农药的草"；或是以一种"无家可归""心灵地图开始模糊"的失根状态飘浮，如懿灵感叹"无家可归亦无处可逃""反正已无归处 / 你明白什么是归处吗？"（《Macao，Macau》）。贺绫声则以戏谑的形式，讽刺"自由行"与"自由"的毫无关系："自由四五天环境无转变 / 匆匆玩几天哪里有长远"（《小城大事自由四五行【案头 R&B】》）；或是感慨居民与旅客在情感上的各不相干——"旅游者匆匆走过喷水池风景区 / 谁能知道我 / 于 Starbucks 窗里 / 留下一堆迷茫的眼神"（《当悲哀酿成二月时》）。

另一方面，当城市建设以服务旅客为主，日常生活和旅游全面挂钩，旅行的意义，即使在"非旅行"的日子里，也成了澳门人一个重要的生存命题。诸如贺绫声所说的"旅行在斑斓色彩中失去意义"，反衬天天活在五光十色的旅游都市的居民心境；卢杰桦则从南亚海啸反思旅程与人生的关系："旅程的终结 / 意味着心情的收拾和翻新 / 更痛苦和更欢愉的手信 / 可以与亲友分尝 // 至于旅游证件的重要性 / 待相片成为遗照之后 / 最好忘掉身份 / 弃置它在抽屉之中"（《海啸·袭击'死亡"》）；袁绍珊则直接指出"旅行"作为时代精神的反映："再过一点就是海了 / 窗外，云遮盖一切，也显现一切 / 我在前进吗？飞行中怎么只感到静止 /……/ 一千只陌生的帆船在输送带上驶过去 / 愿望像一件孤独的行李正等待被领取 / 是的，每个人都有他的旅程 / 每个时代都有它的情绪"（《中转机场》）。澳门诗人试图从"实际旅行""想象中的旅行"乃至"观看旅客"的方式，寻找旅行的意义，结果却是不约而同地发现，在庸俗的旅行文化泛滥的当下，"旅行"已经"失去意义"。

（一）懿灵诗歌：数码观景器外的真实澳门

有些澳门诗人从旅游时空的转变中，思考后殖民时期复杂的身份归属，其中以拥有香港及澳门两地身份的懿灵最为突出，表达最为直接。懿灵在1987年的诗作《流动岛》："牌坊顶上的游人　跟／牌坊底下的路人的关系／就只是无言的猎影／心是菲林／镜头是眼睛／而焦距是无声的叛逆"，表达回归过渡期的本地"路人"与外地"游人"的相见不相亲和形同陌路。回归以后，澳门因为赌权开放和港澳自由行政策，发生翻天覆地的变化，懿灵的诗歌更直接向城市的所属权提出质问："我们开始入定像几尊超脱的佛／或巴黎或伦敦或置于世界任何一角已无分别"（《渴望彩虹》）；"其实（香港人）、（澳门人），只不过是一个人的两个身份，而在这两个身份的后面，藏着一个受了伤的人……"；或慨叹"真实澳门"与"给游客打造的澳门形象"的巨大落差，如"一部Panasonic拍下的塔顶风光／证实澳门逍遥美丽何乐不为／这苦心经营的形象／可以杜撰可以虚拟／反正游客永远看不见镜头以外的真实"（《有几澳门之特殊演绎》）；"能够在发亮的旅游塔下／给几个香江小姑娘叫住／阿姨可否给我们拍张照／已经是一种生存的荣幸／MACAU BEM VINDO／澳门欢迎你／数码观景器下／我看见廿年前的自己"（《再见火星》）；或反映旅游业让澳门全方位地改头换面，旅客如何一步步成为澳门的"主人":"澳葡菜式成为旅游大使 /……/ 悠闲的城市不再悠闲 / 茶座的空位只为旅客而留 / 这是一个真实的城市 / 从中华广场一直走入银行区你就知道 / 没有人会为你稍加停步 /……/ 或许你会选择认识午后的她 / 赶船而至的港客 / 迫不及待把一肚子怨气发泄在女体之上又或者赌台之上 / 都没有什么区别 /……/ 不夜的澳门是纸醉金迷的澳门 /……/ 由新马路连接十六浦 / 一路延伸成米黄色的记忆逐格回放醉生梦死 / 就像新城区的鱼虾蟹即将进驻威尼斯人的维京船"(《寻找一首属于澳门的诗》)。

诗人对于城市旅游化的抵抗,是"我们完全没有怀疑过自己的努力",力图记录"数码观景器外的真实澳门",然而又深明在"纸醉金迷的澳门"里做任何理想主义的抵抗,最终也不过"像孙中山一样早在镜湖医院里验明正身 / 又或者像郑观应终被平反成一幢博物馆",在全盘和谐化以后,沦为供旅客消遣的旅游资源。这种无力抵抗又不得不捍卫的情绪,使懿灵的诗歌呈现出愤慨、坚韧、大胆、勇猛的精神面貌。

(二)贺绫声的"在 M 城"系列书写

澳门八零后诗人如陆奥雷和贺绫声,也热衷于以澳门作为书写对象。贺绫声近年致力以"在 M 城"为名,建构带有浓重本土气息的诗学空间,透过"我城 /M 城"与"他城"的互动,以爱情为基调,为抒情主体找到寄生的空间和位置,诸如"台北的诚品书店""台北的长安东路岚山咖啡馆"，成为虚实交缠、带有异地风情的恋爱场所和记忆空间，诗人"用自己写的诗句铺成地图"，仿若"搬进的城市"一样，透过命名或忆述，重构属于诗人自身的地图和城市学。贺绫声在《旅游记事》中说道："观音像在众多观光客的语言中无法／确认自己的籍贯"；并在《让诗人走在前面》中指出："有关／葡萄牙的事，我略有所闻／至于邻居风俗习惯／我甚像个刚刚到来的异国旅客／正努力拍摄古老楼宇间的喧嚣／／请问贾梅士在哪里／陶里在哪里／苇鸣在哪里／让诗人走在前面／我听到导游朗读着一行行诗／夜，沉静地潜作了板樟堂的人群中／这一天，又失去了去向。"

对贺绫声来说，"我城"和"他城"，"不过是某层梦境的残象"，但 M 作为 MACAU 的简称，意图十分明显，身兼摄影师身份的他，更举办了"在 M 城"的手机摄影展览，透过小城影像，再现出一个新的精神空间。利用"他城"的存在，突显"我城"的特殊；旅行或空间的移动，为人与人的相遇带来可能性，对诗人来说，人生旅途上的各种"遇见"，正是诗意的所在——"在他城，直至遇见你／我才有能力／更深入了解这个世界"。"遇见"，成为诗人不断出发的动力，也反过来成为了解"我城"的开始。

三　瞬间的旅行——姚风的旅行诗

以描写外地景物为主题的旅行诗，在当代澳门诗歌所占的比例不算太大，其中以姚风的旅行诗最为突出，诗集《一条地平线，两种风景》《瞬间的旅行》，以及《枯枝上的敌人》中"自由行"一辑，都反映旅游书写在他诗歌创作中占了相当的重要性。相比起其他澳门诗人着眼于描述庸俗的旅游文化对本土生活的冲击，姚风基于他内地的成长及教育背景，以及外地工作与移民经验，他的诗歌甚少正面写到澳门，也甚少如许多当代澳门诗人一样，热衷于在诗中讨论旅游对于澳门人的复杂意义。正如他曾在访问中提到，他的"灵感更多地来自我在内地生活的体验和记忆，来自对庞大的阴影的关注"。姚风的旅游诗，往往有一个巨大的参照体，与上述提及的澳门诗人不同，姚风诗中的参照体更多是指向中国内地，而非澳门本土，但实际上，他却是站在澳门这个相对具有距离的位置，去进行这种中西文化的对照。

姚风少数直接提及澳门旅游业状况的诗歌，也只是用隐喻和暗示的手法，描述作为"外来者"的旅客在澳门的一些无关痛痒的遭遇，诸如《自由行》中的"澳门新马路的黄昏，自由行的马先生与驴太太的异地重遇"；而诗人自身和澳门，也是这样一个不断"异地重遇"的经验。即使和许多澳门诗人一样，不约而同将"自由行"和"自由"作一次又一次并置的反思，但姚风的旅游诗，并非着眼于旅客与居民之间因为资源争夺而形成的紧张关系，他论述的这种在旅客身上看到的"自由"，表面看来往往是"去政治化"的，更多指向人在可供选择和无从选择间的生存尴尬，诸如《陪盖瑞·施耐德拜祭妈祖庙》："自由的是施耐德/他可以远离上帝的怀

抱 / 在龟岛凝视水面的波纹 / 跑到日本的寺庙修身 / 或者来到澳门的妈祖庙 / 烧香拜神 / 信仰让人更自由吗 / 一个无神论者，如我 / 只有沉默"，以及《青藏诗抄》:"在博彩共和国，我全部的财产 / 是一个笼子 / 笼子里关的是我自己"。但实际上，又正呈现出澳门——一个经济重度依赖旅游业的旅游城市，即便对旅客爱恨交织，渴望逃离，但实际上却没有太多选择。

（一）澳门，东西方、城乡经验的对比中的"飞地"

透过旅行的景物或遭遇，呈现东西方经验的对比，是姚风诗歌创作的惯用策略，这种对比式写作在他的多本诗集中俯拾皆是，诸如《午门》的中国宫殿和美式咖啡，《芭堤雅》中卖春的泰妹和买春的美国老人。姚风擅长运用冷静的并置而语带讽刺的手法，折射及对比异地和中国 / 亚洲经验，反衬出东西文化和社会政治的特殊性，诸如《法国人的麦子》:"收割的时候到了 / 我带着一把镰刀 / 来到巴黎 / 我要把香榭丽舍大街的麦子 / 运到天安门广场晾晒 / 这是号称世界第一的广场 / 这里有一群 / 最会晒麦子的农民"，用克制的手法，用"麦子"这一"道具"，对比出作为消费主义象征的"香榭丽舍大街"和作为政治含义的天安门广场，如何经过空间的转移，在东西方呈现截然不同的意义。

在旅行中发现及反思自我与他者的差异，是"旅游文学"常见的抒情议事手法。姚风笔下的东西方相遇，不局限于文化差异，而是透过旅行中的特殊时空，运用拼贴、并置、压缩、移位等修辞手法，"使语汇发生短路式的联结，形成一种倒置事物关系的修辞形式；使事物间的关系成回环和相互缠绕，使语汇互相阐释，到达某种程度的不及物"，如"细雨蒙蒙／我又来到了南京／法国梧桐仍用汉语交谈／雨花石似乎洗净血迹，坐在街边的水盆中／向游客睁大缤纷的眼睛／我喜欢南京／喜欢和这里的朋友聚在酒吧／谈一谈祖国、诗歌和女人／但这些南京大屠杀幸存者或罹难者的后代／从未跟我谈起历史"（《南京》）；"里斯本，一个雨后的黄昏／在星星公园／在湿漉漉的花瓣间／他和一个叫久香闻一的姑娘／不期而遇／／她来自日本／她那樱花一样的微笑／让他耳边回荡的卢沟桥枪声／突然变得遥远"（《绝句》，78页》），诗人站在一个相对中立、远距离的状态和位置，看某些历史事件或民族情感，如何在旅途中相遇的瞬间被激起。

姚风曾被送到北京郊区的清河公社下乡，"去插队、耕地、插秧、收割，甚至还掏过大粪"，他的旅游诗歌中所呈现的空间，有不少城乡经验的对比，这样一种关注和视角，在当代澳门诗人中甚为罕见。诸如《玉龙雪山》："我来到山下，有人在石头上刻下'到此一游'／我仰望中的高山、白雪、和阳光／合谋刺伤我的双眼／让我无法丈量与纯洁的距离／／我不过是匆匆过客。混沌的肉身／怎能适应纯洁如雪的生活／在我生活的城市，流出的眼泪／也残留着农药，它杀死我种下的庄稼／甚至悲伤也不再茁壮成长"；乡村的记忆一闪而过，"窗前的景物向后奔去""远处的高压线，绵延不断

/ 金色的稻田中，农民弯下黑色的腰""还没等他们直起身来，飞奔的火车 / 已把他们抛在我看不见的原地"（《原地》）。诗人作为匆匆过客，旅途上的人、风景、事件，没有一样留得住；旅行中所看见的郊野、高山、乡村或农民，成为一种纯洁的象征，反衬出诗人所居住的城市的"不洁"（澳门作为"博彩共和国""罪恶之城"），诗人却又无法透过旅行而得到心灵的净化或悲伤的解脱，山水也没有令诗人产生向往或驻留的冲动，诗人更没有像传统文人游记一样借助山水来寄托志向，反而是在叙述或仰慕纯洁生活的结尾，一再回到残酷的城市和现实生活。旅行作为短暂出逃的文化现象，其意义在姚风的诗中一次又一次被印证，但又因为没有透过旅行而获得真正的心灵救赎，旅行的意义因此一次又一次被消解。

如上所述，澳门虽然不是姚风诗歌中明确和永恒的参照体，但在东西方、城乡经验的对比中，澳门中西合璧、位处边陲、亦正亦邪的生存环境，正好为诗人的创作提供了独特的视角和叙述自由；澳门如同一个精神上的"飞地"，使姚风的旅游诗呈现出超越地理意义的空间。

（二）家　园

从回归过渡期的"无根的浮游"（如懿灵的"流动岛"意象），到回归后内地居民港澳个人游政策带来"旅客""旅行"话题的大量涌现（大量"在地流浪""精神逃亡"的抒情方式），姚风作为南来的移民诗人，兼有海外生活经验，大海、家园、祖国、旅客、航行、飞翔、地平线，早于八十年代已成为姚风诗歌中反复出现的意象，且始终维持着高度的一致性。姚风由"旅行"所引发对"家园"的思考，更多指向一种心灵上的归属，而不是他出生成长的北京，或长期定居的澳门。

有意思的是，旅行中不断变化的景物，在姚风眼中，实际上是"不变的""到处都一样""没有带回任何风景"，如《旅行》："路已经消失／我把一线灯火／混淆为旅行的终点／没有带回任何风景／没有记住任何面孔／只有牙齿经过磨砺／可以咬噬／更坚硬的石头"；《绝句》，第52页写道："到处都是一样的生活／生活在别处／就是在原地改变生活／推开窗子，让苍蝇飞出去／让世界涌进来"；《绝句》，第95页："旅行没有惊喜／到处都是差不多的面孔／到处都是一样的建筑／到处都是乏味的生活／甚至在偏远的山村／也无法躲避一罐可口可乐／／在旅途的终点／终于遇到你，你打开一把扇子／你打开我心中的风景"。

法国著名思想家 Henri Lefebvre 认为空间产生三个面向，即空间的实践、空间的再现和再现的空间。在 Lefebvre 的空间理论中，社会的空间实践（Spatial Practice），即人们在空间内的行为活动，是塑造人们日常生活空间结构的重要元素。再现的空间（Representational Spaces）作为一个想象的空间，是艺术家、摄影师、电影导演、文学家等所创作出来的空间，"透过其相关之意象和象征而直接生出来的空间，它是居民与被使用者的空间，以及艺术家和那些只想要从事描述的作家和哲学家的空间。这是被支配的空间，是被动地经验到的空间，而想象试图改变和占有它。它覆盖物理意义上的空间，对它的对象进行象征性的使用"。也就是说，艺术创作者透过身体感官、想象回忆、复杂情感所呈现的"再现的空间"，已不再等同于具体的空间或空间的再现，"再现的空间"是可以被介入、修改与自由支配的空间，透过创造力和想象，它有可能成为希望的出口与抵抗权力的另类基地。

姚风眼中"两岸总是不变的景物"，让他慨叹"旅行已与内心的风景无关"（《世纪风》）。透过外在"不变"的风景，方能反衬出诗人的精神家园的复杂变化，以及随之而来的不稳、不安、不确定的漂泊情绪，诗人"脱掉无望的等待"，"自己的躯体"成为"最容易抵达的家园"（《无望的等待》），"不停地穿越终结与开始／在阳光的正面和背面／书写漫长的历史"（《家园》），"变化／已是最紧迫的主题／从陌生到熟悉／从熟悉到陌生／仅仅是／瞬间到瞬间的旅行"（《瞬间的旅行》）；"群鸟纷飞／流云／写满不确定的地址／我的旅行／无法在地图上标出／驿站和终点"（《心灵地图》）；诗人只能"骑着瘦马／走过小桥流水／几户人家／／漫漫路途中／夕阳问我／多少次你把鞭子／抽在自己的身上／／达达的马蹄扬起尘土／我看不清楚／我是归人，还是过客"（《路途》）。

当旅行的风景不是内心记忆的构成前提，意味着以叙情为主的旅游诗，让诗人不再以写景叙事为己任，反以着重于以独特的视角，发现崭新的风景——身体的移动，导致内心风景的变化，并使"再现的空间"获得意义。由此可以看出，诗学意义上的"空间的生产"，不局限于眼前的、地理意义上的空间，而是正如 Lefebvre 所言："空间的生产，经由身体的生产开始"，经由诗人的感受和想象，使旅游诗中呈现的"空间"获得全新的含义。正如耿占春在姚风诗集《瞬间的旅行》序中指出，"身体位置的变化带来了思想和感觉的持续改变。位置带来思想。风景带来感觉。身体进入物质空间，世界进入身体。事物就自然地变成内心的语言，变成身心状态的隐喻。这也许是姚风偏爱旅行这个意向的原因。旅行提供了瞬间的多样性，提供了持续的变化"。

同样是由"旅行"到"家园"到"祖国"命题的层层推进，姚风的旅行诗，与懿灵充满警惕、怀疑和挑衅的书写态度全然不同，甚至不能轻易归纳为旅游文学中常见的"漫游者"（Flâneur），或定义为"流浪"（wanderings）、"流放"（exile）、"流离"（diaspora）、"移居迁徙"（migration）等母题的延伸。在姚风的诗中，纵使只是点到即止的抒情，也展示出"祖国"作为他永恒的抒情坐标，如《在罗勒大街 16 号吃早餐》："你准备了咖啡、牛奶、奶酪、果酱和面包 / 我却用中国式的耐心熬一锅米粥 / 它洁白、朴实，弥漫着淡淡的香味 / 与我在北京的木制餐桌上所吃的米粥没有不同 // 无论在什么地方，祖国都无法避免 / 祖国是一种习惯 / 我又一次拒绝了咖啡、牛奶和面包 / 此时，我需要的是一块咸菜"。又如《在卡斯卡伊斯海滨》:"海鸥盘旋,在我的头顶 / 我离开以后,它们继续盘旋 / 在其他游客的头顶 / 对国籍,对种族,它们毫不理会 / 而大海,比我祖国的大海更蓝 / 但对色盲的我来说 / 又有什么关系呢"。而透过异地旅行的对比以及地图的美化,"祖国"的真实面貌变得更难以把握——"我要感谢那个绘制地图的人 / 你用玫瑰的色彩 / 描出祖国辽阔的疆域 /……/ 彩色的地图,玫瑰园般绚丽 / 我仿佛看见,可爱的人民 / 在水之湄,在花园间 / 劳作,繁衍,生息 / 他们用晶莹的汗水浇灌玫瑰 / 他们用一生的时间彼此相爱"(《中国地图》)。"祖国"成为一种习惯、色调的基础、地图和疆域的概念,以至诗人的世界观和人生观的主要构成,而不是渴望逃离或摆脱的地方,以致"无论在什么地方,祖国都无法避免"——对于居住于澳门的姚风来说,旅行,成了回家(文化意义上的祖国)的一种方法。

(三)旅行的意义:在人性中找出瞬间的诗意

如前所述,许多澳门诗人在论述"旅行的意义"时,热衷于使用"家园、本土"作为参照体,而这个参照体往往是地理意义上的澳门;姚风的旅行诗中,对"旅行的意义"的思考,其参照体往往指向诗人的内心和记忆,诸如《绝句》,53页:"在黄山,寻找 / 二十年前留下的连心锁 / 却不见踪影 / 就像那段苍茫的感情 / 已锁进了风中 / 只有那棵迎客松在云海中,向我招手 / 而你不停地问 / 迎客松是真的吗?"

姚风许多与旅游相关的诗作(诸如《诗人佩索阿像》《商

业广场》《过阿连特茹》《在梵高纪念馆》《在佩索阿纪念馆》
《七月的里斯本》《昭君墓》《卧龙宾馆的银杏》《洛佩斯的
葬礼》等），实际上甚少在风景上着墨，甚至不带异国气息
或亢奋的猎奇眼光。正如姚风所说，"真正的旅行没有任何
风景"（《因此》），"我的旅行／总在黑夜里发生／黑暗中／有
最好的风景"（《黑夜的碎屑》）。对诗人来说，"旅行是一个
更深层的主题。所有的航程是时间，是对充满秘密的'心灵
记忆'的探险。一个被物化的瞬间，是时间路途上的一次暂
停，是走向消失途中的存在之物的一次显形。"

　　"人"作为路上最主要的风景，从异地的生活细节，寻
找不同文化中人性的共通点，以及因此而迸发的瞬间的诗
意，成为姚风诗中旅行的真正意义。旅行的意义，可能来自
"佛罗伦萨的清晨／我坐在三楼的餐厅吃早餐／目光越过眼
前的绣花球上／再往前，看见对面阳台上／有一对年老的夫
妇／／晨光照在他们被时间蹂躏的脸上／迟缓的手／在风中抖
开床单／抖开他们在上面种满的鲜花"（《绝句》，85页）；
到"我看见一张张游客的脸／如尘粒飘来飘去／令我着迷的
只是那些古老的窗子／……／心跳是一条颠簸的路／但不会通
往夕阳"（《阳光中的佛罗伦萨》）；乃至大海的蓝色："我只
能用目光删除／那些别墅，那些贫民窟／甚至性感的比基尼／
我只想保留大海的一片蓝"（《里约热内卢的清晨》）；或当地
画家忧伤的自画像："从画家忧伤的自画像中／我拎出一只滴
血的耳朵，回到街上／发现阿姆斯特丹／人人都有完整而红

润的器官"(《阿姆斯特丹》)。

旅程和人生旅程(生命)的密切关系,对澳门诗歌来说,有更现实和切身的考虑。澳门经济依靠博彩旅游业,澳门人的生存状态,因此与旅游业唇齿相依。澳门诗歌中的"旅行"与"生死存亡"的紧密性,不是中国内地、香港和台湾同类型的旅游诗歌可以比拟。懿灵的诗歌中,旅行和生存,更多视为一种没有诗意可言的失衡状态——"谁说生命是瞬间的旅行(死亡才是,一上飞机就中招)/我说生命是漫长的折磨"(《失衡》)。

姚风的旅行诗也在反复探问旅行与人生旅程之间的关系,诗人甚至因此有"多少人的一生/都是不懂得旅游的旅行"(《青藏诗抄》)的感叹,可见"旅行"和"人生",对姚风来说有十分近似的内涵,指涉的都是"匆匆"这一过程。诸如"'旅行就是旅行者自己'/像佩索阿那样省略远行/取消飞机失事、轮船翻沉、汽车相撞/删除审视护照的目光/赶走拥挤的人群/枪毙外语中的叛徒/腾出旅行箱来保存情书"(《绝句》,52页);"机长报告说,正在飞越阿富汗/我没有想到塔利班/或者本·拉登/我想到的,只是与遗嘱有关的人"(《绝句》,72页);"倘若所有的静寂/归我所有/我是否走完了旅程?";"凭栏远望/落日依旧浑圆/黄河已经枯干/芸芸众生/无非几缕炊烟"(《远望黄河》);"人在旅程,匆匆/在命运的手掌上启程/归宿却无法逃离阴影的花环"(《阴影的花环》);"在清冷的车站/我登上黎明的列车//

旅程或许漫长 / 微微打开的车窗 / 向我兜售呼啸的风 / 我知道时间在穿越大地 / 山岗、河流、村庄 / 一切都那么匆匆 // 为了留住一些事物 / 我开始想象 / 火车头的烟雾 / 在我的心中绽放 / 我在穿越大地 / 就像大地在穿越我 / 铁轨结束的地方 / 是黑夜的庆典"（《黎明的列车》）。而诗中的所谓"旅游"，更多是旅行中的体验、体悟，以及对细节的敏感和欣赏。他诗歌中与旅行相关的，更多是生死的哲学命题，而不是澳门人如何在旅游业中挣扎求生的生存问题，以至他的旅行诗对澳门社会的着墨甚少，却往往带有曲终人散的淡淡伤感。

赵 阳

女，笔名谷雨，上海出生。《澳门日报》专栏作者，双子座。出版散文集《梦里听风》（澳门日报出版社）、散文合集《美丽街》（澳门日报出版社）、《澳门女作家散文精选》（珠海出版社）。

乡关何处

——澳门土生葡人文学初探

■（澳门）赵　阳

一　土生葡人

（一）土生葡人的来历

"土生"一词在粤语中意为"土生土长"。对于"土生葡人"的概念，不同的人类学家有过不同的解释。

葡萄牙学者本托·达弗兰萨1897年认为，澳门土生葡人这一群体中主要拥有"蒙古人的基本特征，同时具有欧洲人、马来人、卡那拉人的外形，它是种族和由多次偶尔通婚的产物"。

除了上述论述外，以下三种定义，也在一定程度上概括了"土生葡人"的概念。（《台风之乡》）

一，基本上，土生即是说在澳门出生的人，不过按这个社群本身的见解，土生一词单指所有在澳门出生但认同葡国文化的人。

二，要找出一个具体定义的话，我们知道某人是土生因为他有若干特点、若干行径、说话或思想方式，这一切综合起来判断一个人是土生与否。

三，土生必须要是澳门本土人，葡国人的后代。但不一定要是中葡混血儿。本地社群男性起源自葡国人，……但是初时女人有来自果阿、暹罗、东南亚、马来亚的，她们乘我们的船来到澳门，而不时亦有中国女人……

综上所述，英国牛津大学社会人类学博士贾渊和葡萄牙里斯本新大学社会学博士陆棱凌的定义提出，对土生葡人的身份认定，大致上，包括以下三种中之两种，即为土生葡人：

（1）导标之一是语言，即个人或其家庭跟葡语有一定关系。

（2）其次是宗教，指个人或其家庭在一定程度上与天主教认同。

（3）最后的导标是人种，即是当个人或其家族里有欧亚混血成员。土生葡人的数量大约占澳门总人口的百分之二，约二至三万人，其中仅有一万余人居住在澳门和香港。

（二）土生葡人的生活

土生葡人既不是华人，也不是葡萄牙人，他们是一群在澳门出生、流着葡萄牙人的血液与东方人血液的混血种族群。不同于华人的是，他们的阅读与书写都用葡萄牙语，甚至，创造了一种独属于澳门土生葡人的语言"Patois"（"巴图阿"），他们信仰天主教，去教堂；不同于葡萄牙人的是，他们在澳门，这块东方的土地上出生、长大，他们中多数人会说流利的粤语，近年来更有很多土生葡人学习了普通话，虽然信奉天主教，他们也会在与华人一起庆祝端午节、中秋节、春节。

有一位土生葡萄牙初中学生在题目为《我是谁？》(《台风之乡——澳门土生族群动态》第132页）的作文中是这样写的：

> 我是法兰度，今年十五岁，有一个好家庭。我有爸爸、妈妈和两个妹妹，我爸爸名叫曼卢亚，我妈妈名叫非路文娜，两个姊妹一个叫玛西亚，另一个叫嘉达莲娜。我爷爷的原居地是VISEU①。他在三十多岁的时候来了澳门，后来娶了一名华人女子为妻，就是我的祖母。他们总共有五个子女，我爸排行最小。我三岁的时候爷爷就死了。如今我只有一个外祖母，是我妈妈的妈妈，她已经六十岁了但仍十分活跃。我的姐姐去了英国工作，而我的妹妹则仍在读书。在家里我们主要说中文（作者按：粤语）和葡文，只有外婆例外。我们既庆祝葡国节日亦庆祝中国节日。但我最近过的节日是农历新年，

---

① VISEU：维塞乌，葡萄牙城市。

是中国人每年都庆祝的中国节日，在那几日我非常
开心，我和安东尼及罗沙里奥两个表兄弟玩，年初
三我们在海边放炮竹。然后再一齐去依云阿姨家里
吃午饭。非常美味，有鱼有肉有菜。之后我们还吃
了朱古力慕丝（作者按：一种西方甜点）。另一天
我们再去放余下的炮竹。之后我便回家数收到的利
是。另一个和农历新年差不多时候的节日是圣诞。
那日我收到很多礼物。

这篇作文中有关节日的部分写得十分有趣："我"最为
觉兴奋的是农历新年，喜欢庆祝、喜欢数利是（直接接受和
计算金钱在葡国文化里并不盛行）、像所有华人儿童一样放
炮竹、喜欢在阿姨家吃的中饭，除了朱古力慕丝，似乎是典
型中国式的（混合了鱼、肉、菜）。与新年比较起来，圣诞
似乎逊色了，只不过是模糊的消费喜悦。

笔者有一些土生葡人同事，他们平时既过中国节日，也
过葡萄牙节日。而土生家传统世家更表示所庆祝的节日跟在
葡国完全一样。在宗教方面抱综合主义，在新一代土生葡人
中较为常见。有人说："我岳母是天主教徒，但对时不时就有
的那些中国节日，她也庆祝，上庙及其他等等。在清明节她
也做到十足。但是，当有亲戚结婚的时候，她却去望弥撒。
我对她说：这样子不行，你是教徒就是，不是就不是。她回
答：是吗？谁说的？我供奉所有神明，我想他们不会害我。"

另在此摘录一篇由一个土生男孩所写的有关节日的文章：

　　……我非常喜欢过节：圣诞、农历年、复活节。我在学校跟老师和同学庆祝了圣诞。假期中我去了欧洲旅行。我亦喜欢复活节，因为我爱吃朱古力，同时，复活节亦是耶稣复活的节日。另一个我十分喜欢的节日是农历新年，这个节日是以旧历计算的。人们都穿上新衣服，派利是、吃年糕等，好给明年添好彩头。在新年我惯于和朋友舞龙和放炮竹。我高兴过年因为我喜欢古老传说。听闻以前有一只猛兽叫做"年"，把所有遇上的东西都吃掉。为了逃过厄运人们都把食物放在门前。后来有一个聪明人想出用炮竹去吓走这只猛兽的办法。

　　有空的时候我通常去散步、看电影、与朋友看录像带，我喜欢看中文电影，因为有较多选择。我不大喜欢看外国电影，一来因为我不明白，二来因为在澳门很少有外国电影。在音乐方面我却喜欢外国音乐，我不时和朋友去买唱片。

这些作文把八十年代澳门欧亚混血人士的文化综合长大环境表露得颇为透彻。即使在第二次世界大战之前，土生已经生活在一个文化综合体系里，但由于这是一个长期的沉淀过程，这个体系清楚地有别于两个对它有主要影响的体系：

中国文化与葡国文化。这个混合文化的最佳证明无疑是土话的存在，但亦有若干其他探索的征象，例如烹饪、服饰、甚至家居布置。由于澳门在十七至十九世纪曾一度陷于孤立，这个混合文化得以有时间去融合不同的来源成分，除了两个主要参照之外还有别的影响，演变成一个显著拥有自己特色的体系。

二　土生葡人作家

（一）土生葡人文学创作

土生葡人中，真正从事文学创作者不多。这与澳门的整个文学大氛围有关。澳门因地小人少的缘故，不论是本地的华人作者还是新移民作者抑或是土生葡人作者中，基本上没有全职写作的专业作家。即使如飞历奇这样在澳门非常出名的作者，生前本身也是律师，有自己的律师事务所。

而另一位土生葡人作者江道莲生前是一名记者。

近些年来，土生葡人中也出现了一些文学爱好者，有的写诗歌，有的写小说、戏剧，但至今尚未有成就超出前两者的。

过去，因为土生葡人以葡萄牙语写作，故而中国文学的大门从未将之视为中国文学的一部分。大家理所当然地认为：既然是以葡萄牙语写成的小说，自然属于葡萄牙文学的范畴。然而，葡萄牙文学一直以来将澳门的土生葡人文学拒之门外。原因可能有些复杂，用我一位葡萄牙同事（葡萄牙出生长大，血统纯正的葡萄牙人）伊莎贝尔的话，可能颇能代表葡萄牙本族对土生葡人的轻蔑："我们葡萄牙有太多好的文学，土生葡人的东西，根本没人知道。"

首先，在很长一段时间里，澳门的土生葡人中并没有出现优秀的作者。如诗人贾梅士等都是从葡萄牙来的"正宗"的葡萄牙人。另一方面，由于长期得不到"本国"，也即葡萄牙文学界的认可，土生葡人的文学一直处在"两边靠不上岸"的尴尬境界。

1999年澳门回归之前，两位土生葡人优秀作者飞历奇与江道莲的作品被翻译成了中文。于是，我们中文读者得以了解到他们的创作，并惊喜地发现，在他们的作品里，难得地保留了上世纪早期澳门的社会面貌，土生葡人、葡萄牙人、华人的生活在他们的作品中都有十分生动、细腻的描述。

土生葡人这一族群以"澳门之子"之名，以其对澳门的热爱，有不少人留在了澳门。现在，何不把这些"澳门人"的文学作品当作澳门本土文学的一枝，放进中国文学的广阔天地中。毕竟，他们笔下所写的，是我们生活的这座城市。

文学评论家刘登翰先生曾在《澳门文化概观》中说："澳门在世人的心目中，至今还是一团谜。而澳门的文学，尤其是澳门的土生文学，在当时世人的心目中，更是一团谜。"

澳门回归后，土生葡人作家中最著名的飞历奇（已去世）和已故土生葡人女作家的文学作品也开始受到内地文学界的重视，被认同为澳门文学的重要组成部分。他们的生活情感是独特的，是一种在跨文化的交融中产生的。他们的作品不但描写了澳门土生葡人的生活，也为我们了解上世纪在澳门生活的华人的生活打开了一扇窗口。

（二）飞历奇与澳门

土生葡人作家中的佼佼者，澳门土生葡人作家飞历奇在接受笔者采访时，开场白是这样的："我觉得，我比任何一个澳门本土的华人更爱澳门。"

> 飞历奇，葡文名 Henrique de SennaFernandes，一九二三年十月十五日生于澳门，葡萄牙籍。幼年就读于澳门伯得禄商业学校小学部，后进入澳门殷皇子国立中学。一九四六年至一九五二年期间，在葡萄牙科英布拉大学法律系学习，并取得法律学士学位。
>
> 主要作品是短篇小说集《南湾》与长篇小说《爱情与小脚趾》及《大辫子的诱惑》。

以上，是印在澳门土生教育协进会出版的飞历奇短篇小说集《南湾》扉页上的作者简介。

笔者在葡萄牙同事玛丽亚·伊莎贝尔的帮助下，查阅了一些葡萄牙文的数据。其中有一份有关飞历奇家族的介绍，更详细地列出了从飞历奇的曾祖父起的五代人。

飞历奇的曾祖父 Bernardino de SennaFernandes 1815 年生

于澳门，1893 年去世，非常富有，且参政，曾多次得到葡萄牙国王封爵，死前数年被封为伯爵，是当时澳门非常重要的人物。

飞历奇的祖父 Bernardino de SennaFernandes JR 1867 年生于澳门，在英国读书，二十岁回到澳门。他喜爱音乐，1911 年自杀身亡。

飞历奇的父亲 Edmundo José do Couto de SennaFernandes 1897 年生于澳门，曾在澳门与上海两地求学，主修英语。也曾在青岛、上海等地的商行工作。最后回到澳门，在澳门商业学校教书，也曾在圣心英文学校任教及曾在银行工作。

飞历奇本人出生于澳门。

飞历奇的儿子，同样在澳门出生，在海外求学，最后回到澳门。

SennaFernandes 这个家族，在土生葡人圈子中属于名门望族。飞历奇在他的小说中同样十分强调身份的重要性。不管是被逐出土生葡人圈子的西科，还是因为爱上中国担水妹而被土生葡人圈子驱逐出来的阿多森杜，他们一心要回到从前的圈子里，在那样的社会圈子里，他们才有真正的安全感和幸福感。

土生葡人和葡人称他们居住的地方为"基督城"，称华人居住的地方为"中国城"或"华人区"。生活在这里的两个不同种族的人们虽"鸡犬声相闻"，却基本不相往来。

飞历奇的短篇小说集《南湾》和长篇小说《爱情与小脚

趾》及《大辫子的诱惑》中的故事都发生在澳门。

除了《南湾》其中一篇《艳遇》讲的是一个土生青年在葡萄牙求学期间一个奇异的故事，其余的故事都是在澳门发生的。而《艳遇》一文，讲的也是从澳门到葡萄牙求学的一名土生葡人大学生在异乡的困惑和失落，颇有怀念故乡之情。其余所有小说都是在澳门发生的故事。

《爱情与小脚趾》说的是两个土生葡人男女之间的爱情。从家族的兴衰，到个体人生的起伏不定，把澳门社会的温暖与冷酷写得十分生动真实。其中既有土生葡人社会的描绘，也有华人社会卖菜的女子。

《大辫子的诱惑》写的是中国女孩与葡萄牙年轻人的爱情故事，他们冲破各自族群的阻挠，最终走在一起，以爱情力量抵抗了被双方族群抛弃的命运。他们的爱情故事走向，反映了土生葡人家庭的一个组成过程：华人与葡萄牙人的结合。他们的后代便是真正的土生葡人，而他们家庭的生活方式，从起居到饮食，无不是土生葡人生活的写照。

像许多区域性作家一样，飞历奇对他生活的地方——澳门非常熟悉，因而善于对这一地区及其居民的问题进行深刻的分析，也为我们重现已经消失、被人们忽视遗忘的过去的一些真实的生活。

三　根在澳门

在《南湾》中文译本序言中，飞历奇写道："这些故事源于我本人长期以来的生活、观察和感受。"他认为，澳门是他的出生地，而澳门的特点表现在各方面，而且是独一无二的，不可取代的。因而澳门也是历史学家、诗人、作家取之不尽，用之不竭的创作源泉。她的各种资料都十分丰富，"然而，在许多情况下却被遗忘了，至少是没有被充分利用"。

在飞历奇的小说中，我们看到了在旧时代与新时代交替中的葡萄牙人、土生葡人与华人的形象。这些人物的描摹，从一个侧面，反映了那个时期各阶层种族的人在澳门的生存状态，尤其是土生葡人最后选择"根在澳门"的来龙去脉。

在澳门华人眼中，土生葡人不算真正意义上的中国人；而在葡萄牙本土，那里的葡萄牙人认为他们是澳门人，或是"东方葡萄牙人"，甚至认为他们是中国人。他们既认同葡国文化，又不大能融入欧洲葡萄牙人的生活，既生活在以华人为主体的澳门社会里，又与华人社会有所疏离。

他们既有优越感，又有与中葡两个民族相疏离的失落感。土生葡人的模糊地位或边缘化地位带出了他们特殊的文化身份。

所以，对于乡愁一词而言，他们会有一种难言之隐。那就是：乡关何处？！

从澳门回归之后，多数土生葡人选择留在澳门来看，最后，土生葡人对澳门是有一种故乡的认同感的。所谓的乡愁一词，对于土生葡人而言虽是别有一番滋味在心头，但相信言及乡土，就如飞历奇所言，他们热爱澳门。生于斯长于斯，他们的文字也在描摹这片土地，表达他们对澳门没有距离感的了解，对自身身份的一种反思，对澳门的如故土一般的爱。

我们从飞历奇等土生葡人的小说里，看到了当时澳门城市的布局与各行业的情况。研究土生葡人的小说，我们可以对昨日澳门的种种有一个虽不全面但也部分清晰的认识，也会对文化差异及融合有一番与澳门之外地区不一样新的认知。相信这个课题值得我们去深入探讨。

图书在版编目（CIP）数据

窗口与桥梁.七/吴义勤等著.—北京：作家出版社，2017.5

ISBN 978-7-5063-9497-0

Ⅰ.①窗… Ⅱ.①吴… Ⅲ.①演讲－世界－现代－选集

Ⅳ.① I116

中国版本图书馆 CIP 数据核字（2017）第 108013 号

窗口与桥梁.七

作　　者：吴义勤 等
责任编辑：宋辰辰
装帧设计：孙惟静　苗庆东
出版发行：作家出版社
社　　址：北京农展馆南里 10 号　　　邮　　编：100125
电话传真：86-10-65930756（出版发行部）
　　　　　86-10-65004079（总编室）
　　　　　86-10-65015116（邮购部）
E-mail:zuojia @ zuojia.net.cn
http://www.haozuojia.com（作家在线）
印　　刷：三河市紫恒印装有限公司
成品尺寸：147×211
字　　数：172 千字
印　　张：9.625
版　　次：2017 年 6 月第 1 版
印　　次：2017 年 6 月第 1 次印刷
ISBN 978-7-5063-9497-0
定　　价：28.00 元